贄の聖女と救済の契り
不良魔法士と綴る二度目の恋

村田 天

富士見L文庫

contents

プロローグ

「ということは……つまり」

博士の言葉を聞いたシャノンはリゼルカを見て言う。

「僕と契りを交わせば、リゼルカの失われた魔力は戻る……？」

「有体《ありてい》に言えば、そういうことです。まぁ、人道的にだいぶ問題があるのと、女性好きのシャノン様が悪用するのではないかと……黙っておりましたが……」

「人聞きわっる……」

「ですが、リゼルカ様がそこまでおっしゃるならば……この男なら喜んで協力してくれるかと」

「だから人聞き悪いっての……」

「で、ですが……そんな馬鹿なことが本当に？」

にわかには信じ難《がた》く、リゼルカは訝《いぶか》しむ。

「リゼルカ様、シャノン様の手を握ってみてください」

「え？　手ですか？」

「握手です。お嫌ですか？」

黙って硬直しているリゼルカを前に、シャノンが溜息《ためいき》をひとつ吐く。

「この人潔癖だし、無理なんじゃない？」

しらっとした顔で言うシャノンをきっと睨《にら》みつけ、目の前に行って手をぎゅっと握る。

シャノンは小さく目を見開いてリゼルカを見たが、すぐに博士のほうを向いて言う。

「で？　これで何がわかんの？」

その質問に答えたのは博士ではなく、リゼルカだった。

「……わかります」

「えっ？」

シャノンの手を取った瞬間、体の奥深くに不思議な感覚があった。

火種のようにほんの小さなそれは、お腹《なか》の奥のほうでちりちりと遠く燻《くすぶ》っている。

遠く、小さすぎて摑《つか》めないそれはもどかしくも懐かしい。今のリゼルカが焦がれてやまない、自らの魔力の気配だった。もう永久に戻らないかもしれないと思っていたその気配は、リゼルカの心を高揚させた。しかし、同時に重たい気持ちにも気づく。

あっけにとられた顔をしているシャノンの手をぱっと振りほどいて言う。

「博士の言っていることは……本当だと思います」

彼と契りを交わせば、失われた魔力は戻るだろう。

第一章　失われた魔力

孤児であったリゼルカ・マイオールは十三歳で聖女の力に目覚め、二十歳の現在にはどんな病も癒《いや》してしまう奇跡の聖女として稀有《けう》な存在となった。

聖女は人の病や傷を体内に取り込んで浄化し、魔力に変換することができる。病や傷を取り込めば取り込むほど魔力は高まり、より短い時間での治癒が可能となっていく。けれど、魔力が弱いうちは聖女も長時間苦しむことになり、魔力量に痛みが勝ると治癒ができないこともある。

過去の歴史を紐解《ひもと》けば戦場で複数人の聖女を贄《にえ》のように使って治癒が行われた事例もあったが、長く平和が続くうち、聖女たちの人権は教会によって保護されるようになった。現在の彼女たちは神聖な象徴として、儀式の際に小さな切り傷を治す奇跡を民衆に見せるために教会に置かれる存在でしかなくなった。そのため、魔力が強い聖女はあまりいない。

そんな中、リゼルカの規格外に高まった魔力は、彼女の所属する聖ヴァイオン教会を、奇跡を起こす特殊な医療施設へと変えてしまった。

＊＊＊

教会の治癒室から出てきたリゼルカに、ほかの聖女が駆け寄ってくる。

「リゼルカ様、終わったばかりですみません。ウィドル病の患者さんなのですが……ほかに対応できる者がいないんです」

「すぐに行きます」

ウィドル病は病原菌が体内に入ることで発熱や呼吸障害や全身の痛みを伴う難病だ。普通の医療機関にはまだ治療法がない。

リゼルカがその患者のいる治癒室へと入ると、小さな少年が苦しげなうめき声を上げていた。

リゼルカは少年の腹部に手をあてがい、そこにある目に見えない塊を吸い上げる。

どくん。

「う……っ」

すぐに少年の感じている激しい苦痛が体に乗り移ってくる。脂汗が滲《にじ》み、立っているのも困難な状態になり、膝をついた。逃げ出したいような気持ちが小さく湧くが、それでも手は離さない。じっと、患者を見つめて精神を集中させ続ける。

赤い光がリゼルカの全身を包み、それがやがて紫となり、次第に青く変化していく。

数分後、リゼルカは治癒室から出た。

平然とした顔で出てきた彼女に、聖女たちが声をかける。

「も、もう……終わったのですか？」

「ええ。今は眠っていますが、あの子は明日にも帰れます」

戻っていくリゼルカの背に、ほかの聖女たちがひそひそと囁《ささや》き合う。

「さすがリゼルカ様ですね……」

「あの病気の発作は、悶絶《もんぜつ》して意識を失うほど苦しいと聞くのに……」

「リゼルカ様は、痛みや苦しみを感じないいんじゃないかしら」

（そんなわけないでしょう）

心中でリゼルカはつぶやく。

リゼルカは痛みも、苦しみも、人並みに感じる。

けれど、幼い頃から厄介者として親戚の家をたらいまわしにされていたリゼルカの才能を、この教会を取り仕切っているパトリック司祭が初めて見出《みいだ》してくれた。だから、どんな患者も断らなかった。

リゼルカが能力を上げると、評判を聞いた難病の患者が藁《わら》にもすがる思いで教会を訪ねてくるようになった。

リゼルカは腕が腐り落ちそうになっている患者も、血を吐きながらのたうちまわる患者も、すべて断らず、治癒させてきた。そうして、数いる聖女の中でパトリック司祭の片腕といわれるまでに上り詰めた。

リゼルカは、やっと自分を必要としてくれる居場所を見つけたと思った。

それなのに。

その朝、寝苦しい夢から目覚めたリゼルカは身を起こした。

体がひどく重い。なんとか身支度を整えたが、朝食を取る気にもなれず、座っていた。

そこにいつものように聖女見習いのシエナが入ってくる。

「リゼルカ様、本日の患者さんが来ました」

「はい」

シエナの説明を聞きながら治癒室に向かう。その時点でずっと違和感はあった。

治癒室の前に立った時、はっきりと自分の持つ違和感の正体に気づく。リゼルカは扉の前でドアノブに手をかけたまま固まっていた。

シエナがびっくりした顔でリゼルカを見た。

「リゼルカ様、どうかされましたか？」

「治癒は、できません」

「え？」

「魔力が、なくなったのです」

リゼルカはすべての魔力を失ってしまっていた。

シエナは口を小さく開けて、驚きを隠せない様子だった。

「ど、どうして……」

「わかりません。ですが、すぐに戻るかもしれません。少し伏せておいてもらえますか」

「……はい」

それでもリゼルカの、どこか冷淡にも見える紫水晶の瞳と、神秘的と評される美貌は、側《はた》からは決してその表情をうかがわせなかった。

＊＊＊

リゼルカは重い足取りで教会の主聖堂へと向かっていた。

リゼルカが魔力を失ったことは、口止めの甲斐《かい》なく、瞬く間に教会中に広がった。リゼルカ以外の聖女では対応できない案件が頻発したためだ。翌日にはもうパトリック司祭の耳にも入り、呼び出されることとなった。

季節は夏の終わりで、外は晴れていたが、湿った風が吹いていた。

リゼルカはシルバーブロンドの髪が顔に張り付くのを指で避け、憂鬱な気持ちで主聖堂の重い扉を開けた。

聖ヴァイオン教会の主聖堂は古い石造りだが、意匠を凝らした広く立派なものだ。

荘厳なステンドグラスの張られた高い天井、座席に挟まれた長い通路には上質な赤い絨毯《じゅうたん》が敷かれ、その先にある大理石の祭壇の前にパトリック司祭はすでにいた。

「来ましたね。リゼルカ」

総白髪で灰色の瞳のパトリックは、五十前後のはずだがそれより上にも下にも見える。いつも落ち着いていて、どんなときでも穏やかな笑みを湛《たた》えている。

「あなたが魔力をなくしたと聞きました」

「……その通りです」

パトリックは親代わりであり、恩人であった。

優しく高潔な彼のことだからリゼルカに魔力がなくなってもすぐに追い出すことはしないだろう。けれど、このまま役立たずになった自分をここに置いてもらうのは、リゼルカ自身が許せそうになかった。

リゼルカにとって、聖女であるということは唯一の誇りだった。ほかになんの取り柄もないリゼルカはここでやっと、聖女として存在意義を得ることができたのだ。

今、リゼルカが身を切る思いで積み重ねてきた魔力は体内に気配すらなく、代わりに途方もない焦りが体を満たしている。外からはわかりづらくとも、リゼルカは追い詰められていた。それでも、どうすればいいのかわからない。

穏やかな視線を向けるパトリックと、表情なく向かい合うリゼルカの間には陽光が射《さ》し込んでいて、あたりはごく静かだった。

――ひゅう。

小さな風が前髪を撫《な》ぜ、振り返ると背後に小さな竜巻のようなものが発生していた。

そして一瞬ののちに、そこに美しい男が現れた。

男はすらりとした長身で、金色の髪は無造作に肩のあたりまで伸びている。碧色《あおいろ》の瞳は大きく、その顔は人形のように整っている。

「あなたは……」

リゼルカの昔馴染《むかしなじ》みであり、王聖魔法士のシャノン・フェイ・ユーストスだった。

彼の突然の出現に、パトリックを見る。パトリックの瞳も驚いていた。

「なんですか急に。ここは王国の魔法士といえども勝手に立ち入ることは許されていませんよ」

パトリックがそう言うが、彼は司祭がそこにいることに気づいてもいないような無関心さで、まっすぐリゼルカだけを見て言う。

「リゼルカ、魔力を取り戻したいなら僕と一緒に来るんだ」

「なぜそれを、あなたが……」

「説明はあとだ。どうする？」

——魔力を、取り戻せる？

リゼルカにとって積み上げた魔力は何よりも大切なものだ。どの道魔力が戻らなければ教会で聖女としては働けない。どんな方法を使っても、なんとしても魔力を取り戻したい。

「行きます」

リゼルカは即座に答えて、彼の目の前へと向かっていく。

「待ちなさい、リゼルカ……！」

いつも温和なパトリックが珍しくうろたえた声を出したが、その時には遅かった。

ふわり。群青の布がはためき、リゼルカの視界を埋める。

リゼルカはパトリックの目の前でシャノンのマントに囲い込まれ、次の瞬間には主聖堂から姿を消していた。

＊＊＊

リゼルカはあたりを見まわす。

そこは石造りの見知らぬ部屋だった。薄暗く、籠った空気はおそらく地下室だろう。

壁際には大量の木の枝が積まれ、そこに宝石の付いた杖《つえ》が何本も無造作に立てかけられている。中央にある木製のテーブルには薬瓶や紙束が所狭しと置かれ、付近の床には書物や乾燥した植物の大きな葉が散らばり、雑多な物で溢《あふ》れている。

リゼルカの足元には白墨で描かれた魔法陣があり、その周囲だけは避けられるように物が何もなかった。

すぐ背後にシャノンがいたので、ぱっと距離を取った。彼の落ち着いた顔から予定通りの場所に来られているのだろうとあたりをつける。

シャノン・フェイ・ユーストスは国王の宰相である筆頭王聖魔法士の一人息子だ。魔法士としては飛びぬけて優秀だが、かなり破天荒で評判の男だった。

彼は王族に次ぐ身分を持ちながらも平気で外を一人で出歩き、ふらふらと遊びまわっている。特に女性関係は奔放であり、抱いた女は千人を超えるという噂《うわさ》で、リゼルカには嫌悪の対象だった。そして、それがなかったとしても、軽薄で飄々《ひょうひょう》としていて人を食ったような態度の彼は苦手な部類の人間だった。

リゼルカがシャノンと最初に出会ったのはお互いが十二歳の頃だ。リゼルカは庭師であった養父の仕事に連れられて半年ほどの間、シャノンの屋敷《やしき》を出入りしていた。

広大な屋敷で、美しい服を着て最先端の教育を受けているシャノンは、当時は今のように軽薄ではなかったが、いつも不機嫌でやたらとリゼルカにつっかかってきて、とても嫌な奴だった。昔馴染みといえど、リゼルカはシャノンと仲がよかった時期が一度もない。

焦ってついてきてしまったリゼルカだったが、気になることは沢山あった。

なぜ、シャノンはリゼルカが魔力をなくしたことを知っていたのか。なぜ、彼が直々にやってきたのか。そのどれもが不思議なことだった。

けれど、そんなものすべてをあとまわしにしてでも、リゼルカはすぐに魔力を取り戻す方法を聞きたかった。

目の前の美麗な男は優雅にマントを払って直していたが、リゼルカがじっと見ていることに気づくと、ようやく表情をゆるめ、口を開いた。

「えーっと、最近各所で不穏な動きがいくつかあってさ……そこに教会設立以来の高い能力を持つ君が突然魔力を失ったという情報が入った。空《から》の聖女は狙われると非常に危険だから、君を早急に保護する必要があった。いや、無事に保護できてよかった。最近怪しい人間と接触しなかった？」

シャノンはペラペラと軽薄な調子で言う。けれど、彼が言った言葉はどれもリゼルカが期待したものとは違っていた。

「シャノン、話が違います。保護とかなんとか、私は望んでません。魔力を戻せるというからついてきたんです」

「……相変わらず糞真面目《くそまじめ》でせっかちなんだね、君……」

「あなたと比べたら大概の人はものすごく真面目です」

「君と比べたら大概の人は不真面目だよ。久しぶりだけど、君、ほんと変わんないねー」

飄々と言い返してくるシャノンをじっと睨《にら》みつける。

二人の間にヒンヤリした空気が流れていた。

「そんなカッカしなくてもさー、聖女の魔力についても王城に詳しい者がいるから、今、詳しい文献をあたらせているよ。もう行く？　それともここでもう少し休んでく？」

「今すぐにお伺いしたいです」

詳細は道中で聞けばいいと、出口に向かおうとしたリゼルカを、シャノンが引き止める。

「どこ行くの？　こっちだよ」

シャノンはまだ、先ほど教会から移動した際に使った魔法陣の上にいた。

「これは『グエスミスタ』と呼ばれている古い移動魔法陣。自分の描いた魔法陣ならば、呪文と合わせて定点から定点への移動ができるんだ。よく懐古的だって言われるけど、僕はこれが気に入ってて使ってる」

「……教会にはそんなものなかったと思いますが」

シャノンはへらりと笑う。

「あぁアレ？　以前ちょっと仕込ませてもらったんだよ。そんで緊急だったから使った」

シャノンが現れたのは主聖堂の長い通路の上だ。まさか、あの赤い絨毯の下にそんなものが仕込まれていたなんて、いつの間に。

「前もって忍び込んだということですか？　なんてことを……あなたは立場があるというのに以前から軽率な行動が……」

「あーもう、うるさいなぁ、さっさと魔力取り戻したいんでしょ？　ほら行くよ」

「ちょっと……待ちなさい」

慌てて魔法陣に入ると、シャノンが異国の言葉のようなものを短く唱え、転移はすぐに始まった。

＊＊＊

着いたのは、やはり地下だった。いくつかの木箱が床に置かれているほかは、何も入っていない木製の棚があるだけだった。

「ここからは歩きだよ。言っておくけど研究棟はわりと辺鄙《へんぴ》な場所にあるし遠いよ」

そう言ってシャノンはさっさとそこを出た。

地下を抜けると、すぐ隣に一目でそれとわかる荘厳で絢爛《けんらん》な王城の壁があった。

日中の王城は千人ほどの人間が詰めているという。

等間隔に並んだアーチの下の外通路には、やはり等間隔に警備の騎士が立っている。

通路の奥から供をぞろぞろと引き連れた壮年男性がやってきて、壁沿いに立っていた簡易な鎧《よろい》姿の騎士がぱっと敬礼しているのが見えた。

壮年男性は悠々と歩いていたが、シャノンの姿を認めると眉間に皺《しわ》を寄せ、あからさまに苦々しい顔をして足を止めた。

「おやシャノン様……地下のほうからいらっしゃいましたが……魔法陣での城内への移動は職権濫用ですよ。正門から入られますよう」

男性の苦言に、シャノンはきょとんとした顔で答える。

「え？　やだよ。面倒くさい。入口からどんだけかかると思ってんの」

男性はやれやれといったふうに、わざとらしい溜息《ためいき》を吐いて言う。

「以前もご説明したはずですがね、なんのために門番や伝令官がいると思ってらっしゃるのか……いいですかな？　貴殿のそういった軽率な言動のひとつひとつで先代や父君が長く築き上げた信頼や……」

「話長いって。急いでるから、またね」

「なっ……」

男性は顔を真っ赤にしたが、シャノンは苦情を飄々と聞き流し、今度は王城の中へ入っていく。

「今の方は……」

「え？　今のおっさん？　なんだったかな……小さい頃から口やかましくてさ。なんかの長官だった気がするけど……それ、思い出さなきゃ駄目？」

「……いえ、結構です」

リゼルカは小さく溜息を吐いて即座に質問の答えを諦めた。

王城は広く入り組んでいた。壁際にいくつもの美しい彫刻の並ぶ長い廊下を通り、いくつかの角を曲がってまた進んでいく。途中、角に立つ何人かの騎士がシャノンを見て敬礼したが、彼はそれを気にも留《と》めない様子で進んでいく。

しばらくして入ったのとは別の大きな扉からまた外に出た。おそらく建物の中を経由することで近道をしているのだろうが、道がまったく覚えられない。

シャノンは明るい芝生に敷かれた石畳の道を迷いのない足取りで進んでいく。

リゼルカの焦った心とは裏腹に、相変わらず天気はよく、鳥がのどかにチヨチヨと鳴いていた。

やがて、シャノンは眼前に現れた巨大な塔に入り、薄暗い階段を上った先に並ぶ部屋のひとつの前で足を止めた。

「着いたよ。ここ」

「どんな方に会うんですか？」

「僕の家庭教師の一人だったドルグ人の爺《じい》さん」

ドルグ人は国家を持たない民族だ。知能が高く、長寿とされている。

「歴史学者で、専門が聖女史。聖女は魔法士と比べて数が少なくて、研究者自体少ないんだよね……嫌だけど訪問許可入れといた」

説明はそれだけのようで、シャノンは雑に扉を叩《たた》くとさっさと中に入っていった。

薄暗い部屋の壁は天井近くまですべて本棚で、隙間なく本が詰められていた。

中央に黒板があり、文字が殴り書きされている。その近くには長いガウンを着込んだ丸眼鏡の老人がいて、脚立の上に座って本を読んでいた。老人は小柄で肌の色は浅黒く、大きな瞳に尖《とが》った耳のドルグ人特有の見た目だ。

「おや、シャノン様じゃないですか。女性連れでお仕事とは……いやはや、女性に人気の王聖魔法士はやることが違いますねぇ」

手元の書物から顔を上げた老人の言葉にシャノンはげんなりと眉を寄せる。

「……人聞きの悪いこと言わないでくれる？　彼女は聖ヴァイオン教会付きの聖女。リゼルカ・マイオールだよ。連れてくるって先に言ってただろ」

「ああ、例の……〝空《から》の聖女〟の方ですね。もう連れてこられたのですか？　えらくお早いですが……シャノン様、きちんと手続きは踏みましたか？」

「急を要する……すっとばした。これからやる」

老人は目を丸くして、シャノンとリゼルカを順番に見て、呆《あき》れたような溜息を吐いた。

「ははぁ……なんともお綺麗《きれい》な方ですね……あぁ、それで……」

「あのさ、爺さん、思い込みと偏見で勝手に人を蔑むのやめてくれる？　頼んでたことは何かわかった？」

シャノンがぶつくさ言いながら腕を組む。

「もちろんです。伊達《だて》に二百年生きておりませんよ。私を誰だとお思いですか？」

「クソジジィだと思ってるけど……」

シャノンの失礼な言葉に、老人はさして意に介した様子はなく、脚立からぴょこんと降りるとリゼルカに向かって優雅なお辞儀をした。

「初めまして。聖女の歴史に誰より詳しい、美麗・天才学者のトーベ・アルダンです。リゼルカ様、よろしくお願いしますね」

「リゼルカ・マイオールです。よろしくお願いいたします」

「うわ、普通に返したよこの人……まぁいいや、爺さんさっそく頼む」

真顔で返事をしたリゼルカにやや引きながら、シャノンが本題に入るよう急《せ》かす。

博士はオホンと咳払《せきばら》いをしたあとに口を開いた。

「まず、聖女が魔力を突然失い空になる。これは自然には起こり得ません。聖女の魔力は魔法士のそれと違って魔術で抜くことができるものですから、人為的な呪いの可能性が高いです。呪いであれば術者の解呪か死亡で戻りますので、術者を捜すのが最善かと」

「ですが……身に覚えがありません。それは誰でも勝手にかけられるものなんですか？」

その質問にはシャノンが答えた。

「まず、当たり前だけど多少の魔力は必要……っても聖女は癒《いや》しの力しかないから、聖女は除外して、最近魔法士や、その血筋の人間との接触はあった？」

「いえ……」

思い当たる人間はいなかった。

リゼルカの所属する聖ヴァイオン教会は、ほかの教会とはまったく違う特殊な場所だ。医療機関となってからは年に一度の儀式のほかは典礼なども一切行わない。教会には修道士たちもおらず司祭と聖女しかいない。

また、聖ヴァイオン教会は聖女たちを守るため、外部の人間の出入りを固く禁じている。シャノンは忍び込んだようだが、高い塀に囲まれ各所にお抱えの護衛騎士が置かれているので、並大抵の人間では侵入できないようになっている。

聖女は教会内の治癒室で治癒を行い、患者の住居に赴くことはない。リゼルカはずっと教会から出ていないし、接触した外部の人間といえば患者だけだ。それも身元のしっかりした人間ばかりであったし、面倒ごとが起きたこともない。

もちろん厳密には寄付の多い重鎮であったり、物を届けてくれる人間であったりの出入りはあったが、リゼルカの知る限り、周囲に聖女以外で魔力を持つ人間はいないし、恨みを買うような心当たりもなかった。

博士が髭《ひげ》を撫《な》で付けながらしばし考え込む。シャノンが聞いてくる。

「リゼルカ、魔力を失《な》くす直前に何か変わったことは？」

「そういえば、夢を……見ました」

「夢ですか」

博士が眼鏡をクイッと上げる。

「ええ、大きな赤い花が出てくる夢です」

赤い花が咲き乱れるそこで、花弁から魔力を吸い上げられている嫌な夢だった。あたりには甘くてきつい花の匂いが充満していて、起きた時にも鼻についているような感覚さえあった。

「赤い花、ね。うーん……なんにせよ、術者がいるならそれは僕らが追っている人物と同一人物だろうね。君にはしばらく待ってもらうことになるけれど……」

「……つに……」

「え？」

シャノンと博士が揃《そろ》ってリゼルカを見た。

「いつになりますか？」

リゼルカの声は怒ったように震えていた。強い剣幕で言うリゼルカを前に、シャノンとトーベ博士は少し驚いている。

「魔力を戻せると聞いたから来たのに……！　結局、戻せるかわからないんですよね？　呪いをかけた人を捜しても、見つからないかもしれないのに。本当に……ほかに戻す方法は何もないんですか!?」

リゼルカはそこまで言って、自分の片腕を抱いて俯《うつむ》いた。

興奮してしまい、息が切れていた。珍しいくらいに焦っていて、自分が制御できない。

こんな、八つ当たりのように怒って他人に言い募るなんて、自分らしくない。

けれど、ずっと魔力が戻らないことを想像すると、怖くてたまらなかった。

このままでは、リゼルカ自身が積み上げてきた自らの価値がすべてなくなってしまう。

それは、他人にはわからないかもしれないが、リゼルカにとって何よりも大切なものだった。

たとえば突然、画家が絵を描けなくなった。あるいは料理人が料理を作れなくなった。詩人が詩を紡げなくなった。そんなものと近いかもしれない。人生をそれだけに捧《ささ》げて自分自身の価値を作っていたものが失われてしまうことは、生きる指針を失うことでもあった。

シャノンはしばらくリゼルカを見ていたが、小さく溜息を吐いた。

「まぁさ、誰かが魔力を抜いたなんて、こっちでも一番に疑ってたことなんだけど……爺さん、それだけじゃなく、術者を手っ取り早く見つける方法だとか、ほかにも何か情報あるんだよね？」

「いえ、それは魔法士の研究者の専門になるんです」

「え、何それ。ここに来た意味ゼロじゃん……」

博士があごひげを摘まみながら難しい顔をした。

「うーん、実は……術者とは無関係に、戻せる方法がひとつあるんですが……禁忌というか、普通はしない方法なので……」

「なんだよ爺さん、早くそれ言いなよ。なんで言わなかったの？　そんなしんどい方法なの？」

「なんでもします。教えてください」

「鍵になるのは『王聖魔法士』——シャノン様、あなたです」

「え？　僕？」

シャノンとリゼルカは顔を見合わせた。

リゼルカの住む七支国《しちしこく》にはずっと語り継がれている建国伝説がある。

その昔、七つに分離していた国家に、すべてを焼き尽くす巨大な黒龍《こくりゅう》が現れた。現国王の祖先である獅子王《ししおう》と一人の魔法士が、共に黒龍を封印することで国を統一して建てられたというものだ。シャノンはその建国魔法士の末裔《まつえい》で、直系の一族しか名乗ることを許されない『王聖魔法士』だった。シャノンの家系は代々筆頭王聖魔法士を襲名して国王の第一側近を務めており、一人息子である彼もいずれその役目を負うことになるはずだ。

「祖先の建国魔法士が黒龍の鱗《うろこ》を飲んだことで、王聖魔法士には普通の魔法士にはない力がいくつかあります。そのひとつは誰もが知る有名なものとして黒龍の鱗を体内の強い魔力で浄化することにより得た、黒龍を封じる力。それとは別に……あまり表沙汰にされていない体質がひとつあります」

「え？　なにそれ」

シャノンが博士を見た。

「王聖魔法士は聖女と交わるとその力を増幅させる血筋でもあるんです。百八十年前の文献にも呪いによって力を失った聖女が王聖魔法士の一族と契りを交わし、魔力を取り戻した記録が残っています」

シャノン自身も知らなかったのだろう。目を白黒させている。

「ということは……つまり」

博士の言葉を聞いたシャノンはリゼルカを見て言う。

「僕と契りを交わせば、リゼルカの失われた魔力は戻る……？」

「有体《ありてい》に言えば、そういうことです。まぁ、人道的にだいぶ問題があるのと、女性好きのシャノン様が悪用するのではないかと……黙っておりましたが……」

「人聞きわっる……」

「ですが、リゼルカ様がそこまでおっしゃるならば……この男なら喜んで協力してくれるかと」

「だから人聞き悪いっての……」

「で、ですが……そんな馬鹿なことが本当に？」

にわかには信じ難《がた》く、リゼルカは訝《いぶか》しむ。

「リゼルカ様、シャノン様の手を握ってみてください」

「え？　手ですか？　お嫌ですか？」

「握手です。お嫌ですか？」

黙って硬直しているリゼルカを前に、シャノンが溜息《ためいき》をひとつ吐く。

「この人潔癖だし、無理なんじゃない？」

しらっとした顔で言うシャノンをきっと睨《にら》みつけ、目の前に行って手をぎゅっと握る。

シャノンは小さく目を見開いてリゼルカを見たが、すぐに博士のほうを向いて言う。

「で？　これで何がわかんの？」

その質問に答えたのは博士ではなく、リゼルカだった。

「……わかります」

「えっ？」

シャノンの手を取った瞬間、体の奥深くに不思議な感覚があった。

火種のようにほんの小さなそれは、お腹《なか》の奥のほうでちりちりと遠く燻《くすぶ》っている。遠く、小さすぎて摑《つか》めないそれはもどかしくも懐かしい。今のリゼルカが焦がれてやまない、自らの魔力の気配だった。もう永久に戻らないかもしれないと思っていたその気配は、リゼルカの心を高揚させた。しかし、同時に重たい気持ちにも気づく。

あっけにとられた顔をしているシャノンの手をぱっと振りほどいて離れた。

「博士の言っていることは……本当だと思います」

彼と契りを交わせば、失われた魔力は戻るだろう。

「この方法の優れた点として、王聖魔法士との契りで戻った魔力は、呪いで再び抜くことが困難になるんですね。これは聖女の魔力が外部から得て育つものであるのに対して、魔法士の魔力は生まれつき備わったものであることが関係していて……」

博士は説明を続けていたけれど、リゼルカの耳には途中から入ってこなくなっていた。

リゼルカは俯き、呆然《ぼうぜん》と床を見つめていた。

魔力を戻せるのなら、なんでも耐えられると思っていたのに、提示された方法には予想外に強い抵抗感があった。

恋愛経験がなく、今まで考える機会がなかったが、こうなって急にはっきり気づいてしまった。

自分は、好きになった人以外と契りは交わしたくない。

よりによってこんな人とそんなことをするなんて、どうにも受け入れ難かった。

「リゼルカ様……？」

俯いて黙ってしまっているリゼルカに、博士が気づいた。

「べっつにさあ、そんな悪趣味な方法使ってまで無理に魔力戻す必要ないと思うけど……僕としては、とりあえず保護できれば十分だし」

シャノンはそっけなく言う。

その様子を見ていたトーベ博士が妙な顔をする。

「爺《じい》さん、何その顔」

「……いえ、珍しく女性に対して消極的でいらっしゃると思いましてねぇ」

「僕は普段から女性相手に態度は変えてないし、普通だよ。ただ、この人は糞《くそ》真面目で潔癖だし……僕が嫌いだからね。そんなこと絶対したくないだろ」

「それもまた珍しいことですねぇ……」

リゼルカは、シャノンがその方法に対して意欲的でないことにいくぶんか安堵《あんど》していた。

けれど、はっとする。それでは困るのだ。これは、どんなに抵抗感があったとしても、現状リゼルカが魔力を取り戻せるただひとつの方法なのだ。

近くの木箱に浅く腰掛け、長い脚を投げ出していたシャノンに近寄って言う。

「いえ……私はお願いしたいんですが。あなたは、嫌……ですか？」

じっと見つめてそう言うと、シャノンは驚いた顔をして、少し黙った。

ややあって、口を開ける。

「……魔力が戻ると言って連れ出したのは僕だ。君が望むならば断りはしないよ」

「それなら、お願いします……」

「はいりょーかい」

軽い……やはりこの男とは感性が合わない。そう確信したリゼルカだった。

＊＊＊

シャノンの魔法陣で、リゼルカは元いた屋敷《やしき》の地下に戻ってきた。

それからようやく上階へと上がり、二人は廊下を歩いていた。

「ここは、どこなんですか？」

「僕の家だよ」

「あなたの……？　私の知る場所と違いますが」

「ああ、君が言ってるのは父の家だよね。ここは僕が以前から研究室に使ってた隠れ家みたいなもんだよ。王城の執務室はどうにも落ち着かないし、かといって研究棟はうざい爺さんだらけで気が滅入《めい》るからね」

さらに階段を上がるシャノンの背中を追いかける。行き着いたのは大きめの寝台がぽつんとひとつ置いてある部屋だった。シャノンはすたすたと中に入っていったが、リゼルカは扉の前で硬直して立ち尽くしていた。

シャノンは寝台に脚を組んで腰掛け、腕組みをしていたが、怪訝《けげん》な顔で言う。

「本当にするつもり？」

「……お願いします」

「そんなとこでお願いしますったって……まず部屋に入りなよ」

「は、い」

ぎこちなく言って、リゼルカはようやく一歩だけ足を中に踏み入れた。

「うーん……」

その様子をじっと見ていたシャノンがうん、と頷《うなず》いて言う。

「無理じゃないかな」

「……いえ！　大丈夫です。覚悟はできてます」

実のところそんな覚悟はまったくできていない。ただ、魔力を取り戻したいという強い想いだけは心の覚悟の先を走っているかのようにしっかりと存在していた。

「お願いします」

「叫んだり泣いたりしたらすぐやめるけど……」

「それでも、どうか構わずに、お願いしたいです」

シャノンは深い溜息を吐く。

「……あのさぁ、僕は嫌がってる女性を抱く趣味はないんだけど。魔力を戻したいのは僕じゃなく君なんだから、したいんならちゃんと協力してくれない？」

「そう……ですよね」

言ってることはわかる。我慢しているうちに終わらせてくれというのはあまりに他人任せだ。自分を救うために意識を失うまで殴ってくれというのとあまり変わらない。これはシャノンではなく、リゼルカに必要なことなのだから、彼に不本意な悪役を演じさせてすまそうとするのはさすがに申し訳ない。

まだ入口近くにいたリゼルカに、シャノンは手招きしてから自分のいる寝台を指さした。

「あー……じゃあ、ちょっとここに寝てみて」

「え？　そこですか」

「とりあえず、本当に寝転がるだけだよ……」

「わかりました」

そう答えたが、足が一歩も動かない。なぜだか体はまったくいうことを聞かなかった。

「……ただ寝るのすらダメなら、もう絶望的じゃない？」

「大丈夫です。できます……」

そう言いながらも、リゼルカは一歩も進めずにいた。

短い沈黙のあと、シャノンがまた小さく息を吐いた。

「あのさ、僕は君が口で大丈夫と言っても、本心では嫌な行為を無理にする気はないよ」

顔を上げて見たシャノンの瞳には普段の軽薄さはなく、まっすぐだった。

「――それは、今はよくても、必ず後悔する」

リゼルカは目を閉じて少し思考したあと、詰めていた息をふうっと吐いた。

「……わかりました。あなたの言葉はもっともです」

「じゃあ、この方法は諦める？」

「いえ、先に触れ合いの練習をしたいのですが……」

「は？」

「正直なところ、あなたといきなり契りを交わすのは荷が重いです。ですが、簡単なものから、少しずつ段階を上げていけば……」

「うっわ～、君、ほんと諦め悪いね」

自分でもそう思うが、リゼルカにとって自らの魔力は、そう簡単に諦め切れるものではなかった。

「そんなことしても何も変わらなくない？　君は根が真面目だから愛のない行為が嫌なん

だろうし、僕は、君が望まないことはしない」

「で、ですが、魔力を戻したいというのも紛れもない私の望みです。それに、あなたは普段から恋愛関係でない相手と、そういった行為を気軽にしていますよね？　私だって、段階を経て異性との触れ合いに慣れていくことで抵抗感が減っていけば、そういった行為も可能になる見込みはあるはずで……」

泣きそうにも見える焦った顔で必死に言葉を並べるリゼルカを見ていられなくなったのか、シャノンが遮った。

「あー、もういいよ。わかったよ。協力する。練習って、何すんの？」

「では……握手を」

「え？」

「握手です」

握手はさきほどもしたが、自分の魔力の気配に囚《とら》われていた。情けないことだが、改めてこの男と契りを交わす前提で真剣に考えると、それが精いっぱいだった。

シャノンはだいぶ呆《あき》れつつも頷き、立ち上がって「じゃあ、はい」と手を伸ばしてくる。

リゼルカは大きく息を吸ってからその目の前まで行った。

向かい合うと、思っていたよりもだいぶ身長差があるのがわかる。

感覚との齟齬《そご》に緊張が増していく。シャノンの顔を見上げてからぱっと俯《うつむ》き、伸ばされた手に視線を落とす。

シャノンは女性と見まがうような美しい顔立ちだが、差し出された手は思いのほか無骨で男性のそれだった。視線を少し上げると白い首から出た喉仏や、自分よりだいぶ広い肩幅などが目に入る。いろんなことが気になってしまう。

リゼルカは自分の顔がじわりと熱くなるのを感じた。

それでも、ただの挨拶の握手ならここまで恥ずかしくはならなかったかもしれない。

リゼルカにとってシャノンは急に、契りを交わすべき相手になってしまった。

彼の顔をしっかり見て、その無骨な手を見つめた時、リゼルカはその手に肌を触れられることを想像してしまったのだ。先の行為はきちんと想像すらできないのに羞恥で心臓が破裂しそうだった。

震える指先をおずおずと伸ばし、そっと彼の指先に触れる。

「……えい」

思わずかけ声をかけて握った手は大きく、硬かった。温かく乾いた皮膚の感触は生きた人間で、自分ではない他人を感じさせる。手を握っただけなのに、ぞくぞくしてしまう。

リゼルカは自分の呼吸が浅くなっていくのを感じていた。

「ものすごいこわばってんだけど……そんなに嫌？」

「い、嫌というより……私は治療以外で男性の手を握ったのも初めてなので、緊張と……

は、恥ずかしいです」

実際、嫌悪感とは少し違った。ただ、溶けるような緊張が頭を熱くさせて、まともにものを考えられなくさせる。

「握手が初めてとか……そんなことある？」

シャノンのほうが落ち着いていて平然としているのだけが救いだ。

「すごく幼い頃のことは覚えてませんし、聖女は必要以上に人と接触を持ちませんから」

握手だけで逃げ出したくなる。それでもやはり、シャノンの手を通じて、体の奥に小さく渦巻く魔力の気配を感じて、諦めきれない。

「はい。じゃあ今日はここまでね」

そう言ってシャノンがぱっと手を離す。

ただ手を握っただけなのに、必要以上に意識してしまったせいでまだ感触が残っている気がした。頬の熱もなかなか引かない。

「あの、今日は……って」

よく考えたら、今日を逃したら次の機会はいつになるのだろう。

「そこなんだけど……しばらく教会には戻らないでほしいんだ」

「でも、私には、ほかに行く場所は……」

身ひとつで出てきてしまったので宿を取ることもできない。今更だが自分はどれだけ追い詰められ、慌てていたのだろう。

「しばらくここにいて保護されててよって意味。ここは僕以外誰にも知られてないから安全なんだ」

「私は保護なんて頼んでません。そもそも、なぜあなたは私が力を失《な》くしたことを知っていたんですか」

「君が力を失くしたことはすぐに僕のところにも入ってきたよ。君に限らずだけど、聖女のそういった変化には国も常に気を配っている」

教会に内通者がいたということだろう。けれど、魔法士に比べて魔力も少なく無害な聖女に国が気を配る意味はあるだろうか。

リゼルカのそんな思いを顔から読み取ったシャノンが続ける。

「空《から》の聖女は、黒龍の贄《にえ》にされる可能性がある」

シャノンがさらっと言った言葉にリゼルカは小さく目を見開いた。

「黒龍って……建国伝説のですか？」

「そう。あれは今も王城の地下深くに封じられている。復活させるためには、大量の魔力と空の聖女——贄が必要なんだ」

シャノンはリゼルカをじっと見つめて続ける。

「国内には昔、黒龍を信仰している邪教が存在していた。もっとも、ここ五十年ほど動きがなくて、教祖の死亡がささやかれていた。ただ、ここのところ邪教の存在を匂わす不穏な動きをいくつか確認している。もし残党がいるのなら、王国は捜して捕まえなければならない」

「…………」

「君は国でも類を見ない魔力の大きな聖女だ。それが力を突然失った。もし邪教に関わる人物が魔力を抜いたのだとしたら……それは国の存亡に関わる警戒すべき案件なんだよ」

ただ、自分という一人の聖女が魔力を失っただけだというのに、思った以上に大きな扱いをされていることに動揺した。

「……わかりました」

「うん、くれぐれも勝手に教会に戻ったりしないで」

「……私一人でここに住むということですか？」

「嫌だろうけど……こういう話になったし、僕も一緒に住む。そのほうがお互い都合がいいだろ。安心していいよ。君に覚悟ができるまでは指一本触れない」

「わかりました」

どの道魔力が戻らなければ教会へ戻っても働けない。覚悟さえできればすぐにでも魔力を戻せるのもありがたい。リゼルカはシャノンの屋敷《やしき》に住みながら自身の覚悟ができるのを待つことになった。

＊＊＊

シャノンはそこから半日もせずに部屋の準備を整えた。

「じゃあ、この部屋を使って」

「はい」

通されたのは二階の広い部屋だった。

「衣料品は、女官に用意してもらったのがそこの棚に置いてあるから。あと生活用品で足りない物があったら言って」

そう言ってシャノンが出ていって、リゼルカは棚を確認する。衣料品はどれも上質で品がよく、華美さはない。ほっと息を吐いた。

その部屋はリゼルカが暮らしていた教会の宿舎の部屋の倍以上の広さがあった。置かれた調度品は簡素ながら洗練されていて、寝台は清潔に整えられている。

唐突に緊張の糸がふつんと切れて、リゼルカは寝台に倒れこんだ。

二日前まではこんなことになるなんて、想像もしていなかった。リゼルカはこれからもずっと、何も変わらず教会で聖女として暮らしていくと思っていたのに。

一刻も早く魔力を戻したい。戻したいのに。

そうして、両手で顔を覆って苦悩した。

閨《ねや》事の知識は人並みにはあったが、ずっと自分とは無関係のものとして生きてきた。もしかしたら一生そんなことはしないとさえ思っていた。というか、そんなことを考える間もなかった。ただ、誰かの役に立って自分に価値を持ちたい、そう思って必死に生きてきたのだ。

リゼルカは五歳の時に両親を亡くし、それから親戚の家にいたが、最初の家では常に「役立たず」とののしられ、聞こえよがしに「こんなお荷物を押し付けられて迷惑している」と言われていた。実際に当時のリゼルカは労働力となるにはまだあまりに幼く、突然独りぼっちになってしまった失意から立ち直れずにいた。きちんとした食事を与えられず、教養もろくに与えられずにいたリゼルカはその次に行った家でも存在をもてあまされ、一人だけ納屋で寝かされて、放置されていた。

リゼルカはずっと子ども心に、周囲の大人が言う通り、自分はお荷物で役に立たない、無価値な人間だと思っていた。

ただ、八歳の時に叔父のハドリーに引き取られてからは状況が好転した。ハドリーは庭師をしながら諸国を漫遊していたが、リゼルカの劣悪な現状を知って旅を止め、掬い上げてくれたのだ。

ハドリーはリゼルカに役立たずなんて一度も言わなかった。彼は普段は無口でぶっきらぼうな人だったけれど、リゼルカの食事は必ず用意してくれて、ときには自分の分をなくしてでもきちんと食べさせてくれた。心身共に死にかかっていたリゼルカは、彼に引き取られてから健康を取り戻し、読み書きの教養を与えられ、庭師の仕事の手伝いをさせてもらえるようになった。

幼心に刷り込まれた役立たずの烙印《らくいん》は容易に消えなかったけれど、あの頃のリゼルカはハドリーに救われて、まだ明確な役割はないものの未来には自分が価値ある存在になれるかもしれないという前向きな希望が生まれていた。

けれど、ハドリーは病気になって、リゼルカがきちんとした看病をできなかったので死んだ。

自分はやっぱり、役立たずだったのだと思った。

その頃からリゼルカは誰かの役に立たなければ価値がない。価値がなければ存在してはならないという考え方に、強く固執するようになった。

そんなリゼルカにとって、パトリックが導いてくれた聖女の仕事は合っていた。リゼルカは自らを追い詰めるかのように〝役立たず〟である自分の身を削って仕事をして、自身の価値を高めていったのだ。

だから魔力を戻せるならば契りを交わすくらい、聖女の治癒をするときのように、心を眠らせてすませられると思っていたのに。なんでもできると思っていたのに。

それなのに。

リゼルカはあの時自分の胸にはっきりと湧いた、〝好きになった人以外と契りは交わしたくない〟という感情に驚いていた。

そんなことを言える立場でも状況でもないのに。まだ自分の中にそんな贅沢《ぜいたく》な、少女のような憧れが残っていたなんて思わなかった。

一方で、ひどく冷めた自分もいる。

早く魔力を戻したいのに。戻すべきなのに。馬鹿みたいなこだわりで、自らの弱さで、周囲に迷惑さえかけている。

リゼルカが魔力を戻せなければ救えない教会の患者がいるのに。

国の存亡に関わる警戒すべき案件だと言われたのに。

そんな理由で拒んでいる自分の感情が、子どもっぽい我儘《わがまま》のように感じられる。

そもそも自分のような人間がいつか恋愛をするとも思えないのに。リゼルカは誰かとわかり合ったことだってろくにないのだ。

リゼルカは育ちから警戒心が強く、なかなか誰かを信用しきることができない。恩人であるパトリックや共に働いていた聖女たちとも、何年経《た》っても距離があり、心から打ち解けることができずにいた。リゼルカは誰からも心を開かれることがなかったし、彼女もまた、誰かに心を開くことがなかった。奥底では他人との深い関わりに飢えていたけれど、ずっと、どうすればいいのかわからずにいた。

そう考えた時、ルーク・ピアフとの記憶が浮かんだ。

ルークは十二歳の頃に何度も手紙をくれた、顔も知らない少年だ。

最初の手紙だけはハドリーから渡された。同年代の子と話す機会があまりないリゼルカに文通相手を用意したというようないきさつだったと思う。読み書きがまだ拙かったリゼルカにとって、文章を書く練習にもなるからと言われてその文通は始まった。

ルークはリゼルカのことはハドリーの養女ということ以外はよく知らないで書いているようで、リゼルカの年齢や、どんなことが好きなのか、普段どんな生活をしているのか、そんな他愛のない質問からそれは始まった。

そしてやりとりを交わすうちに、それが心の深い部分の交流に変わるのに、そう時間はかからなかった。

やがてルークは人に言えない苦悩をリゼルカにだけ吐き出すようになった。

ルークは家が厳しく、将来を定められていて自由がなく、周りの人との軋轢《あつれき》に苦しんでいた。

リゼルカのほうも生い立ちゆえに遭った苦しみを彼には話した。リゼルカは誰かに正直な自分の気持ちを伝えることは初めてだったし、彼に伝えるために言葉にすることで、自分の本当の気持ちや願望に気づく機会を得ることができた。

顔も素性も知れなくても、ルークはリゼルカのたった一人の友達だった。

手紙のやりとりは一年以上続いたが、交流が途絶えるきっかけはハドリーの死だった。

リゼルカは聖ヴァイオン教会に入ることになり、閉鎖的な所なので手紙のやりとりはできなくなると、最後の手紙を書いた。

ハドリーが亡くなると彼の家はすぐに横暴な親戚の手に渡った。そこから物を持ち出すことはひとつも敵《かな》わず、彼から受け取っていた沢山の手紙も処分された。だからそれはまるで、幼少期に見ていた夢と言われてもおかしくない、遠い記憶になりつつある。

そして、その時急に、もうひとつ思い出した。

リゼルカは一度だけ、手紙の住所を訪ねたことがあったはずだ。ルークに最後の手紙を出した直後に直接別れを言いたくなり、丸一日歩いて彼の家の前まで行った記憶がある。

その家は、小高い丘の上の森の手前に、草に紛れるようにぽつんとあった。

けれど、扉には板が打ち付けられていて、明らかに空き家だった。

そのことを思い出すと、彼との記憶は余計に混乱したものとなる。

あの頃、リゼルカが心を交わしたはずの、ルークという少年は最初からいなかったんだろうか。

それとも、この空の下どこかで息をして、今も何かと闘っているんだろうか。

＊＊＊

深い眠りだった。

物音がして目を開けると、朝陽《あさひ》が射《さ》し込む部屋の見知らぬ天井があり、昨日までに起こったことを一気に思い出す。

部屋の扉をシャノンが叩《たた》いていた。身構えておそるおそる扉を細く開ける。

「……なんでしょう」

「僕はちょっと出かけてくるけど、夕方には戻るよ」

「あ、はい」

朝からまた悩ましい案件と向き合わなければならないかと思っていたので、先送りされて少しほっとしてしまった。

「厨房《ちゅうぼう》と貯蔵庫にあるものは適当に食べていいから」

そう言ったシャノンがそこから離れる気配があったので、ぱっと扉を開けて半身を出す。

「あなたはどこに行くんですか」

シャノンは少し先の廊下にいたが、立ち止まって振り返る。

「えー？ 行きつけの酒場とー、知り合いのところとー……これ全部言うの？」

シャノンは指を折りながらリゼルカを見る。

「ああ……ごゆっくり」

「はーい」

シャノンはすたすたと階段を下りて地下に向かっていった。

七支国は建国時から王と宰相の筆頭王聖魔法士が統治する国だ。シャノンはやがては次代の王と共に国を統べることが約束されている。

ただ、現在は彼の父親が筆頭王聖魔法士を担っているので、まだその立場にはない。シャノンは自由がある猶予期間を、女性をたぶらかし遊び歩いているという噂《うわさ》だった。

もっとも、まるで働いてないわけではなく、なんらかの役目を負ってはいるのだろう。

今だって仕事の一環でリゼルカを保護しているのだから。

もちろんその仕事以外の行動については、リゼルカにどうこう言う権利はない。ないのだが、この状況で平然と遊びに出かけられると、もやもやとするものがある。国の存亡に関わる警戒すべき案件だとか言っていたはずなのに。

本当はシャノンだってこんな仕事で拘束されたくはないのだろう。そんなやる気のなさが感じられる。リゼルカは今や役立たずなだけでなく、シャノンや国にとって、厄介なお荷物となっているのかもしれなかった。

リゼルカはシャノンの気配がなくなってからも、またしばらく寝台に横たわって、じっと天井を見上げていた。

そうしてまた、あの頃ルーク・ピアフと交わしていた手紙のことを思い出していた。

〝僕は生まれてからずっと、口うるさい親や、周りの大人に指図ばかりされている。やるべきことも将来もすべて決められていて、自由なんて何もない〟

ルークはよく、そんなふうに言っていた。

この国では、商家はほぼ例外なく世襲で跡を継ぐ。ほかにやりたいことがあったとしても、それを叶えることは厳しいだろう。厳しい家ならば結婚相手も決められ、がんじがらめで自由のない状態というのは想像にたやすい。

けれど、当時、無知であったリゼルカにはそんなことはわからず、自分とまったく違う彼の境遇がうまく想像できなかった。

〝私は孤児で、誰からも必要とされていませんでした。だから、周りに必要とされているあなたが羨ましいです。できることがあって、人から必要とされているあなたは素敵です〟

今にして思えば、少し無神経だったかもしれない。けれど、ルークが家族に必要とされていることはリゼルカには素晴らしく思えたし、やるべきことが与えられていることには羨望があり、正直にそれを書いた。

また、あの頃リゼルカはハドリーによって救われて、なんとか前を向いて自分の価値を見つけようとしていた。ハドリーを亡くしたことで、再び失われてしまったリゼルカの色鮮やかな希望が、若さと共にそこにあった頃だ。

〝私もいつか、あなたのように自分の役割を見つけて、人に必要とされる人間になりたい〟

リゼルカはぼんやりと自分の書いた言葉を思い返し、ようやく部屋から出た。

たまに使っている隠れ家というわりには、厨房も浴室も食事室も、不便なく整えられていた。空腹を感じて貯蔵庫を覗《のぞ》くと、バターやパン、卵に燻製肉《くんせい》、果物など、二人しかいない屋敷《やしき》には贅沢なほど食材が置かれている。ただ、シャノンにとっては普通で、贅沢という意識はきっとないのだろう。生まれ育ちの差が顕著に表れている。リゼルカはそこから林檎《りんご》をひとつ取り、厨房のナイフで切って食事室へと持っていった。

焦茶色の簡素なテーブルセットがあるだけでほとんど装飾のない部屋なのに、色とりどりの沢山の乾燥した葉に塗れたへんてこな鐘がひとつ、天井からぶら下がっている。それを見ながら食事をした。

しゃり、林檎を齧《かじ》る。食欲は湧かないと思っていたが、みずみずしい林檎は優しい甘さですんなりと喉を通った。

そうして、片付けてから廊下に出て、外につながる玄関扉に手をかけてみた。

開かなかった。

内から鍵はかかっていないのに、びくともしない。

屋敷は裕福な平民が住むくらいの広さで、歩きまわってみると一階の窓はすべてはめ殺しになっていた。

そして、最初に来た地下室、次に入った寝台しかない部屋、リゼルカにあてがわれた部屋以外にはろくに調度品も置かれておらず、空き部屋だった。

厨房と浴室の間の廊下の奥に、ひとつだけ外に出られる扉を見つけた。

出ると小さな庭があり、教会にも植えられていた薬効成分のある植物などがいくつか植えられ、近くに井戸がぽつんとある。可愛《かわい》い中庭だった。

けれど、そこは高い塀に囲まれ、表とはつながっていないようだった。

勝手に帰るなと言われたが、言われなくともこれではどこにも行けない。

リゼルカは溜息《ためいき》を吐いた。

魔力を戻せると聞いて自分は平常心を失っていたのだろう。やはり、冷静に考えてあんな男なんかに軽率についてくるんじゃなかった。

リゼルカはそこにしゃがみこんで、しばらく頭を抱えた。

＊＊＊

夕方にシャノンが帰宅した頃にはリゼルカの胸に小さな怒りが渦を巻いていた。

シャノンは地下からの階段を上がり、リゼルカのいる食事室に入ってきた。

「あれ、そこにいたんだ。夕食、もう食べた？」

「貯蔵庫にあった果物をいただきました」

「あ、そう」

シャノンは気に留《と》めた様子もなく奥の厨房に行き、竈《かまど》に火をおこしながら言う。

「僕はお茶飲むけど、君は？」

「結構です」

「なんかいつにも増してツンツンしてるけど……」

「いえ……あなたは普段どんなお仕事をされているんですか？」

竈にケトルを載せているシャノンの背中に問うと、振り向いた。

「え？　興味ある？」

「そういうわけではありません。毎日何をされているのかと」

「いろいろだけど……一応王宮魔法士団の長やらされてるから、それが主かなぁ。まぁ、みんな適当にやってくれてるからそっちはそんなでもないよ」

シャノンは呑気《のんき》な口調で言う。昼間から酒を飲みにいけるくらいだから、それは本当にそうなのだろう。

リゼルカは呆《あき》れた気持ちでシャノンの目の前まで行った。

「とりあえず……今日も練習をお願いします」

さっさと帰りたい。そのために少しでも慣れようと、昨日もできた握手をしようと手を伸ばそうとした。

しかし、そこで彼を見て固まってしまった。

シャノンの魔法士の衣服は昨日より胸元が少し開いていた。飲酒したせいなのか、かすかに赤く色づいていて、そこにはだらしない色香のようなものが立ち上る。

リゼルカの心にじわりと嫌悪感が湧いた。

シャノンはさっきまでどこにいて、何をしていたのだろう。

リゼルカはやはり潔癖なのだろう。その手でほかの女性に触れてきたあとかもしれないと思うと、抵抗感が増してしまった。

伸ばそうとしていた手は、動かなかった。

「ごめんなさい……やっぱり今日はやめておきます」

「……悪化してるし」

「いえ、明日にはなんとかできるように調整しておきますので」

「調整って……」

「今日はもう、失礼します」

リゼルカは早足で部屋に戻って扉を閉め、息を吐いた。

こんなところ、一刻も早く出ていきたい。シャノンは犯人を調べているといっていたが、雑に閉じ込めておいてあの様子では期待できない。博士の話では契りを交わせばもう狙われることはない。結局、契りを交わすのが一番早いのだ。

それなのに、シャノンへの苛立《いらだ》ちが募るばかりで、覚悟ができる感じはまるでしなかった。

＊＊＊

同じような日が二日ほど続いた。

心はどんどん焦りで追い詰められていくというのに、シャノンと契りを交わす覚悟は一向にできなかった。

その朝もリゼルカは出かけていくシャノンを見送り、厨房《ちゅうぼう》にあった果物を食べ、二階の自分の部屋から窓の外を見ていた。

近くに建物はほかにないが、遠くに街らしきものが見える。

王城の象徴として建築された特徴的な形の塔がごく小さくだが見えた。辺鄙《へんぴ》といっても、王城が見えるのだから、ここは首都であるバミューシカではあるようだ。

リゼルカがこうしている今も、あそこでは沢山の人が生活していて、きっと活気に満ちている。

じっとそうしていると、ぽつんとした気持ちが襲いかかってくる。

リゼルカは教会にいた頃は周囲から抜きん出ていて、完全無欠の冷静な聖女とされて一目置かれていた。だから聖女になってからは、それなりにできる人間になったつもりでいた。

けれど、聖女でなくなればあっという間に役に立たないお荷物となり下がる。それだけではなく、冷静さを失ってわめいて、我儘《わがまま》を言って八つ当たりまでしている。魔力がなくなってからは、情けない自分と遭遇してばかりだった。

いいや、忘れていただけで、昔のリゼルカはこういう人間だった。元に戻っただけかもしれない。自分は無愛想で、なんの役にも立たないくせに融通が利かない、周囲から扱いづらいとされる人間だった。こうやって、することもなく一人でいるとそんなことばかり考えてしまう。

今にして思えば、周囲がリゼルカに一目置いて敬意を持って接してくれていたと思っていたのも、単にリゼルカが他人を信用せずに遠ざけていたため、打ち解けられなかっただけのような気もしてくる。

シャノンだってリゼルカのことは苦手だろうが、少なくとも敵意のある態度はされていない。今だって保護されている立場だというのに、心を閉ざして自分で言い出した練習すら拒絶してるのはリゼルカのほうだ。

本来彼に腹を立てるのは筋違いだ。契り以前に、もう少し自分の態度を改めて打ち解けようとする努力は必要かもしれない。このままでは覚悟なんて生まれるはずもない。あの方法を望んだのはリゼルカなのだから、もう少し彼を知ろうとするべきかもしれない。

リゼルカは一日中そんなことを考えて悶々《もんもん》と過ごして、また、ルーク・ピアフとのやりとりの一部を思い出した。

〝君と僕は性格も境遇も正反対だけれど、不思議とどこか近い気もするんだ。どうしてそう思うんだろう〟

〝私も、理由はわからないけれど、そんな気がしてます。もっと沢山、いろんなことを話してみればわかるかもしれません〟

あの頃、リゼルカは自分と違う相手をきちんと知ろうとしていた。

妙に経験を積んでしまって偏見を覚えた今の自分より、あの頃の自分のほうがよほど大人だったかもしれない。

寝台に身を埋めていたリゼルカが身を起こした時、地下のほうからごとんと物音がした。シャノンが帰宅したようだ。

地下へと続く階段前で立っていると、足音が上がってくる。

「うわっ、そんなとこ黙って立ってないでよ。びっくりするじゃない」

「……お、おかえりなさい」

「…………………うん、ただいま」

「今日は少し遅かったですね」

話をしようとしているだけなのに、口調が無愛想なせいで、穿鑿《せんさく》して責めているかのようになってしまう。なかなかうまく友好的にできない。

けれど、シャノンはそこまで気にした様子もなく答える。

「あぁ、移動拠点に使ってた魔法陣がひとつ、近くの子どもの悪戯《いたずら》で駄目にされててさ。

描き直してたら時間食っちゃって……」

「そうなんですか。あの、夕食は……」

「これから食べるけど」

「ご一緒してもいいですか」

「……うん、もちろん」

やはり、シャノンはリゼルカの強い敵意がなくなったことに戸惑ってはいるようだったが、拒絶も反発もしてこない。その面ではリゼルカよりよほど大人だった。

「じゃあ、作るからちょっと待ってて」

「え？　あなたがですか？」

幼い頃シャノンが住んでいた家はひかえめにいっても大豪邸だったし、料理人や執事や家政婦、厩番《うまや》や門番、護衛騎士などが合わせて五十人以上はいた。そんなところに住んでいた人が料理を作れるとは思えない。

シャノンは鍋を片手に、決まり悪そうに言う。

「あー、僕、昔さ……家の学習部屋をちょっと壊しちゃったんだよ。その関係で今でもトーベの爺《じい》さんにはネチネチ恨まれてんだけど……まぁ、それはいいとして、その時に親からきっつく叱られてさ……それでもまったく反省が見られないからって、食事を抜かれたことがあって……」

シャノンは棚から調理器具を出しながら続きをしゃべる。

「で、こっちも腹が立ったから料理人から作り方聞いて……夜中に厨房に忍び込んで勝手に作って食べてたら、また叱られて……っていう。そういうので覚えたんだよね」

絵に描いたような富裕層の悪童だ。これは親もさぞ手を焼いていたことだろう。

シャノンは話しながらも食事の準備を進めている。

「まぁ、ここじゃそんなに豪華なものは作れないけど……あ、座ってていいよ」

「手伝います」

「……うん」

まるで新婚夫婦のようだと、一瞬そんな考えがよぎったが、そんな甘ったるい関係性ではまったくないことを思い出す。

やがて、テーブルの上に白パンとビーツのクリームスープ、鶏肉《とりにく》のビターオレンジソース、フェンネルとアスパラガスのサラダ。イチジクの砂糖漬の夕食が並んだ。

リゼルカはシャノンと共にそれを食べた。

悔しいことに、おいしかった。きちんとした温かい食事を取るのも久しぶりだったので湯気の立つスープを口に含むと心がじんわりと落ち着いていく。意地を張って林檎ばかり食べていたのが馬鹿らしくなってくる。

心が落ち着くと、今日ならばいけるかもしれないという無鉄砲な勇気が湧いてきた。

リゼルカは食事を終えると、かたんと音を立てて立ち上がって言った。

「シャノン、今日は……」

「うん」

「今日こそは……契りを……交わしたいです」

「え？　練習したいって言ってなかった？」

小さく目を剝《む》いたシャノンが確認するようにリゼルカの顔を覗《のぞ》き込んできた。端整な顔が近くに来るだけで、緊張で息がぐっと詰まる。

「もう大丈夫です。お願いします」

「うーん、頑張るねえ。どうせ無理だと思うけど……とりあえず上行こうか」

最初の日にも来た寝台がある部屋へと移動する。

雑多なもので溢《あふ》れている地下とは反対に、ここには寝台以外の調度品がない。ただ、食事室にもあった、葉っぱにまみれた妙な鐘飾りだけがぶら下がっていた。

「この部屋は……一体なんの部屋なんですか？」

シャノンは寝台に腰掛けながら答える。

「え？　ここは僕の寝室だよ」

「そうなんですか？」

「まぁ、かなり簡素だけどね」

寝室と聞くとなぜだか余計に緊張する。けれど、それくらいで意識しているのは逆にいやらしいかもしれない。気にしないようにして首を小さく横に振り、部屋へと足を踏み入れる。寝台に座るシャノンの隣におそるおそる腰掛けた。

寝台が二人分の重みでかすかにギッと揺れた。それにすらドキッとしてしまう。

シャノンは軋《きし》む音にびくりと揺れたリゼルカを見て、気づいたように言う。

「ああ、この寝台……たまにだけど、昔から使ってるからちょっとボロいんだよね。君の部屋のは新品だよ」

そんなことを聞いてもまるで頭に入ってこない。気配が近い。ちらりと横を見るとシャノンの白い首筋が目に入り、それにも緊張が高まっていく。

頭がぼうっとしてきて、呼吸が浅く、息が荒くなっていく。

緊張が極限まで達した時、意識がふわりと現実と乖離《かいり》するような感覚があって、突然我に返った。

自分は、一体何をしようとしていたんだろうか。

ふいにシャノンがこちらを向いて、それにびくっと反応した。

「あ、あのっ、やっぱり……少し待ってくだ……」

とっさにそう言って立ち上がろうとしたリゼルカは、足をもつれさせてシャノンの膝の上にぼすんと倒れこんだ。強引に膝枕をしたような状態だ。

「きゃ……えっ……すみ……っ」

リゼルカは満足に言葉さえ出せずに恐慌状態に陥った。起き上がろうとしているのに体がうまく動かせず、もがく。

「……っあの……っ、そのっ……」

「ちょっと落ち着きなって……」

頭上から呆《あき》れた声がして、リゼルカの頭に何かがふわりとかぶさった。

シャノンの手が優しく髪に触れていた。なだめるように、ぽん、ぽん、と優しく動く。

「あ、勝手に触った。ごめん」

すぐにその手が離される。リゼルカはようやく少し落ち着いて、上体を起こした。

「いえ、もう少し……」

「え？」

「今のは大丈夫だったので、もう少し触れてみてください」

「……………何その迫力……わかったよ」

シャノンが再び手を伸ばして、今度は隣に座っているリゼルカの頭に触れる。

普段は粗雑さを感じる男だが、その手はとても優しかった。居心地が悪いくらいに。

シャノンの指が髪を撫《な》でていく。優しく撫でられるその感触は心地いいのに、心はどんどん落ち着かなくなっていく。なぜだか息が苦しくなる。頬も熱くなっていく。

リゼルカは目をぎゅっと瞑《つぶ》ったまま、耐えていた。

シャノンの指が耳にかすかに触れ、リゼルカはぴくんと震えた。

「……んっ」

シャノンの手がすっといなくなった。

「ご、ごめんなさい……」

「謝ることないけど……あまり大丈夫には見えないし、今日はもういいんじゃない？」

「はい……そうですね」

リゼルカはどこかを全力で走ってきたあとのようにぐったりとしていた。

シャノンは呆れたように自分の手を見つめながら言う。

「これさぁ、本当に練習になってるの？　悪化したりしてない？」

「いえ、ありがとうございます。いい練習になりました。明日こそは……本懐を」

「口だけは威勢がいいけど……明日になっても何も変わらないと思うよ」

「できます」

シャノンは呆れた顔で言う。

「もうさ、この方法は諦めなよ。そこまで無理して急いで魔力を戻すことはないんじゃない？」

「でも、あなただってここに拘束されることになるし……困るんじゃないですか？」

「僕はべつに。現状君を保護できてるし……どの道君を狙った犯人は見つけないといけないしね」

シャノンにとってはあくまで自分の仕事を遂行できればいいということなんだろう。けれど、リゼルカにとって魔力がない自分というものはどうしても受け入れ難《がた》かった。

「私は……諦めることはできません」

シャノンは小さく息を吐いて、少しの間黙って何かを考えていたようだったけれど、リゼルカに聞く。

「なんでそこまで魔力にこだわるの？」

「魔力がなかったら、私にはなんの価値もないからです」

きっぱりと言うとシャノンは少しきょとんとした顔をした。

「うーん。君って意外と卑屈だよね……まぁ、意外でもないのか……」

シャノンは腕組みをして、またしばらく考えていた。

「……あのさ、僕が個人的に後援してる診療所があって、明日そこに行くんだけど、君も見にこない？」

「診療所……ですか？」

「うん。もし興味が湧いたら短期間でいいからさ、手伝ってよ。人手が足りてないんだ」

「それは……私でできるなら、もちろんですが……魔力が……」

「大丈夫。そこには魔力を持たない人しかいない。ていうか、君んとこの教会以外は大体みんなそう」

シャノンはそう言って、にっと笑って見せた。

第二章　フィンレイ診療所

翌朝、シャノンと共に魔法陣で移動すると、着いたのは木造の平屋造りの小屋だった。周囲には荷物が所狭しと置かれていたが、床の空いているところのギリギリいっぱいまで魔法陣が描かれている。

そこを出て、外を少し歩くとすぐに簡素な石造りの建物が見えてくる。

入口の前に木製の看板があり、『フィンレイ診療所』と名前が掲げられている。

リゼルカの記憶だと、フィンレイ地区は山岳地帯だ。王城のあるバミューシカからは川を挟んで離れた場所にある。シャノンの隠れ家からは王城が遠くに望めたが、ここからだと影も形も見えないだろう。その代わりといってはなんだが、教会へは馬車で半日あれば行ける距離かもしれない。

広めの玄関ホールに入り、短い廊下の先には開けた空間があって、それぞれ三十代、四十代くらいに見える五、六人の男女が立ち働いていた。

「あら、シャノン様」

「シャノン様、いらっしゃったんですね」

中に入るとシャノンを見た淑女たちが、働きながらもそれぞれ声をかけてくる。

「シャノン様じゃないですか」

「お、シャノン様来てんの？」

女性だけでなく男性も寄ってきて声をかけてくる。シャノンは中にいる全員にゆるく挨拶をしてまわっていった。

「シャノン様ったらお綺麗《きれい》な方連れて……どんな関係なのよ？」

恰幅《かっぷく》の良い中年女性が近くに来てニコニコしながらシャノンの腹に肘を入れてこづく。

「彼女は仕事の保護対象」

シャノンがけほっと咳込《せきこ》みながら答えた。今度はそこに短髪の逞《たくま》しい男性がやってきて、にこにこしながら言う。

「あ、シャノン様、いらしてたんすか。今度またちょこっとでいいからウチに顔出してくださいよ。娘が会いたいっていってうるせえんだ」

「うん。必ず行くからさ。そう伝えておいて」

「ありがとうございます！　あ、例の木材どうなりやした？」

「手に入ることになった。談話室で話そう。すぐに行くから待ってて」

「はい」

男性がその場を離れてからシャノンに聞く。

「あの方もここで働いてるんですか？」

「いや、グスタフは近くの木工職人で、以前怪我《けが》でここに来てからたまに手伝ってくれるようになって、よく来てるだけ。この間伝手《つて》で余り物のいい木材が手に入ったから、寝台をひとつ増やす算段を立ててるんだ」

「そうなんですか」

「念のため言うと、グスタフの娘は七歳……」

「べつに聞いていません」

「あ、そう……」

「ずいぶんと慕われているんですね」

彼のように身分や立場がある人間に対して、普通の人はまず委縮する。何を言われても緊張は払いにくいだろう。だが、ここの人間の彼に対しての態度は皆、気安い。自然に懐に入り込んでいるように見える。シャノンは女性関係も華やかだと聞くし、実は相当な人たらしなのかもしれない。

「一応ここの責任者だからね……僕はしばらくそっちの部屋にいるから、今は好きに見てまわっていいよ」

そう言って先ほどグスタフが先に行った談話室へと向かうシャノンの背を見送る。

その空間の一角には衝立《ついたて》があり、奥には寝台が三つほど並び、診療所の人々は甲斐甲斐《かいがい》しく働いていた。額に水で絞った布を当ててやったり、汗を拭いて着替えをさせてあげたりしている者もいたし、薬や食事を口に運んであげている者もいた。

手前の区画では患者の怪我《けが》した患部に薬を塗って包帯を替えている者もいたし、半分だけの仕切り壁の向こうでは調薬をしている者もいた。

それをじっと見ていると、背後から声がかけられた。

「あら、シャノン様と来た子だね」

話しかけてきたのは四十前後のごく短い焦茶色の髪の婦人だった。彼女は恰幅の良い体に人の好《よ》さそうな笑みを浮かべ、アガサと名乗った。

「うちは有名なヴァイオンの聖女様みたいに、なんでも治せるわけじゃないけどね。その代わり、医療費を払えない人間も受け入れているんだよ」

そのヴァイオンから来たとは言えなかった。何もできないのに、期待させてしまうかもしれない。だからリゼルカは黙って頷《うなず》いて、再び診療所の中に視線を戻した。

教会では病も怪我も、聖女の魔力で治癒してしまうが、ここでは当然それはできない。だからほとんどの医療施設と同じように、対症療法的なものを行っているようだったけれど、それぞれが懸命に最善を尽くしているのが見てうかがえた。

「身分の高い人らはともかく、あたしら平民のほとんどは病気になっても怪我をしても、医者なんかにかからず家で療養することしかできないけど……それすら難しい環境の人もいるからね」

それを聞いて、リゼルカは養父だったハドリーのことを思い出す。

彼の病気は最初は軽い風邪だった。けれど、悪化してからは一か月も経《た》たずに逝ってしまった。

清潔にして栄養を摂《と》らせ、安静にさせる。そういった最低限の看病がきちんとできていれば治ったかもしれない。けれど、ハドリーはリゼルカを食べさせるため、病を押して働き続けた。そのせいで病は悪化した。

リゼルカは重荷になるばかりで何をすることもできなかった。

いや、きっと何かできたはずだった。リゼルカがもっとちゃんとしていれば、きっと彼は治ったはずだ。彼はリゼルカのせいで死んだのだ。そう思ってずっと後悔していた。

そうして、あの時にもし、こんな場所があったならと思わずにはいられない。

リゼルカは自分の価値を魔力に置いていて、それがなければ役に立たないと視野が狭くなっていたが、魔力がなくとも日々、人を助けている人たちがいるのだという当たり前のことを目の当たりにした。

それは新鮮で、胸を打たれる光景で、ずっと飽きず、目で追ってしまう。

そこに扉のほうから慌てた声が飛び込んできた。

「塔の建設現場で落下事故がありました！　これから怪我人がここに来ます！」

ちょうど部屋から出てきたシャノンが飛び込んできた男性に聞く。

「人数と怪我の程度は？」

「詳しくはまだわかってませんが、落下物による腕や脚の怪我です。今確認できてるのは三人ですが、ほかにもいるかもしれません」

「わかった。アガサは手当ての準備を。カーターは薬を。ジミーは僕ともう一度現場に行く。ほかに怪我人がいたら連れてくる」

「はい！」

シャノンの声に周りが返事をして、急に慌ただしくなる。

アガサを見るとにっこり笑って聞いてくる。

「もしよければ、手伝ってくれるかい？」

「私で、できるんでしょうか」

「大丈夫。ここはほかに仕事を持っている人たちの手伝いでなんとかまわってるから、みんな似たようなもんさ」

「では、手伝わせていただきます」

そのまま、なしくずし的にリゼルカは患者の看病に奔走した。

怪我人の止血。消毒。入院患者の包帯の交換。病人食の調理。用意されている薬を与え、調薬器具の洗浄をする。それから洗濯、清掃。どれも聖女の仕事とは違い、すぐに治癒が望めるものではなかったけれど、リゼルカはあちこち走りまわりながら夢中になって働いた。

幸いなことに事故の怪我人も思ったより皆軽傷で、夕方過ぎにはなんとか皆無事に帰宅することができた。

そうしてシャノンと共に彼の隠れ家に戻った頃には、リゼルカはずいぶんとすっきりした顔をしていた。

「シャノン、私……しばらく診療所で働いてみたいです」

リゼルカの言葉にシャノンはゆるく笑みをこぼした。

「いいんじゃない？　みんな助かるよ」

「でも、いいんですか？」

シャノンは少し困った顔で言う。

「ここは誰にも知られてないから、本当はここにずっといてもらえると一番安全ではあるんだけどさ。いつまでかかるかわかんないのにそれも監禁してるみたいで気が咎《とが》めてたんだよね……」

リゼルカは自分のほうがシャノンを拘束しているような罪悪感があったので、シャノンがそんなところに気をまわしてくれるとは思わなかった。

「なんか君、だいぶ思い詰めてたみたいだしさ。やっぱ外出たいのかなーと思って」

「意外とよく見てますね……」

「いや君、わりとわかりやすいし」

「そんなこと……言われたことないです」

「うん？　それは周りの目がよくないだけじゃない？」

シャノンはこともなげに言う。

「じゃあ、明日からよろしく」

「はい」

リゼルカはシャノンに向かってすっと手を伸ばした。

「ん？」

「よろしくお願いします」

シャノンは差し出された手を取った。

リゼルカはやっぱり少し緊張したし赤くなってしまったが、その握手は、なぜだか少し前よりもずっと抵抗なくできるものだった。

＊＊＊

翌朝、リゼルカはシャノンに連れられて再び診療所に行き、そこで改めて紹介された。

赤髪で長身のひょろりとした青年が背を丸めて立っているその前に連れていかれる。彼は昨日ずっと、仕切り壁の奥で薬を作っていた。

「彼は薬師のカーター。きちんとした医療知識がある人間は彼しかいないから、ここは彼でもってる」

「リゼルカ・マイオールです。よろしくお願いします」

カーターは黙ったまま、身じろぎひとつしなかった。彼は前髪が長く、その目は隠れてほとんど見えない。

「カーター……挨拶頼む」

「えっ？　あっ、わっ、よろ……っ…………い……すぇ！」

カーターは聞き取りにくい悲鳴のような叫びをもらすと、衝立の裏の調薬場へと逃げていった。

「あの通り……ものすごい人見知りなんだよ。人と話すのも人前に出るのも苦手ときてる」

「知識はすごいし、腕は立つんだけどねぇ」

近くで困ったようにこぼすアガサは、看護を担当しているらしい。

「でも、間違いなく逸材なんだよ。だから学院でくすぶっているところを僕がひっぱってきたんだ」

「そ、そうなんですか」

「まぁ、人見知りっても、仕事で聞いたことには答えてくれると思うから……あと彼は今、ほとんど奥の部屋に住んでるみたいなもんだから。いつでもいるよ」

驚いたことに、昨日はそこそこの人数がいるように感じられたフィンレイ診療所の正式な人員はカーターとアガサの二人だけだった。

あとはグスタフのように、仕事のない時期や手が空いたときに手伝いにきてくれている人がほとんどらしい。今日はすでにマチルダという眼鏡をかけた長身の婦人が来ていて、鼻歌混じりに掃除を始めていた。まだこのあと二人ほど来る予定もあるらしい。

リゼルカは自分が働く部屋を見て、小さく拳を握りしめた。

(ここには、私にもやれることがある)

ふと、シャノンが横目でリゼルカを見ていることに気づく。

「……なんですか？」

「いや……張り切ってる顔してんね」

「そうですか？」

「まぁ、ほどほどにね。じゃあ僕は行くよ」

「どこに行くんです？」

「今日はちょっと遠くの酒場。終わる頃にまた迎えにくる。それから、昨日僕が連絡したから騎士団員が三人ほど警備で外に来ているけど気にしないでいいよ。君はくれぐれもここから出ないように」

そう言って、シャノンは出ていった。

この時間はまだ患者は来ていない。仕切り壁を隔てて寝台に入院患者が二人いたが、それぞれ眠っていた。

リゼルカはアガサに呼ばれて、端の洗濯部屋で洗濯を手伝い始めた。昨日事故の怪我人が急遽《きゅうきょ》来たので大量になっている。

「シャノン様も、毎日大変だね……」

「大変……なんですか？　酒場に行くと言っていましたが……」

「それは本当だろうね。ああいうところには情報が集まるから」

「え？」

「あんまり堅っ苦しくしちゃうと警戒されて何も聞き出せないから、身分隠して遊びにいってるふうにして、土地のことを聞き出すんだよ。ここができたのも住民の要望がきっかけだっていうし……本人から直接聞いたわけじゃないけど、それで暴動が未然に食い止められたこともあるんだってよ。だからああやっていろんな地域に足を延ばして視察してる。かなり遠くの地域まで見にいっているみたいだからねえ」

「え……？　ここが建ったのって……」

「この辺は昔は鉱山があって栄えてたんだけど、ほとんど掘り尽くされてしまってね……今はごく少ない作業者しかいなくて貧しいんだ。シャノン様が視察に来て医療施設を配備したいと上に言ったんだけど、とにかく手続きが多くてさ……数年かかる。だからそれまでの間、臨時でここを立ち上げたんだよ」

「どうやって維持してるんですか？」

「一応国が予算を出してるんだけど……ここはほとんどシャノン様の独断で建ったところだから、常にカツカツ。だからできることはかなり少ない……それでも何もせずにいるよりは、一人でも誰かを救える。〝なるべく多くを、できる限りで〟それがシャノン様の打ち立てた方針なんだよ」

リゼルカは自分の手が止まっていたことに気づき、洗濯を再開させた。

「……視察が、彼の仕事なんですか？」

アガサは石鹸《せっけん》をゴシゴシと布に擦《こす》り付《つ》け、染みが落ちないことに口を尖《とが》らせている。

「え？　ああ、シャノン様のことだったね……七支国《しちしこく》は七つの国が統合されてできたものだから、元の国も都市としてはまだ残っているだろ。だから今の獅子王《ししおう》も筆頭王聖魔法士も、常に内乱を警戒していて、都市間が連携した恒常的な統治に力を割いている。シャノン様は上にいると目が届かない細かい土地土地の医療や治安……国民の平和や安全に関わるものついて、不満や火種の元があれば対応してるんだよ」

話している二人のところに新しく洗濯物を集めて持ってきたマチルダが割って入って口を挟む。

「すごいわよねえ。シャノン様は実際に足で行って見てみないと話にならないって言うけど……それにしたって普通はあんな立場の人がわざわざ実際に地方に行って話を聞くまではしないわよ」

マチルダは洗い物を置くとそこにしゃがみこんで、洗濯を手伝い始めた。

アガサは洗い上げた洗濯物をぎゅっと絞ると、それをぱん、と広げて言う。

「巷《ちまた》の人間はどうだか知らないけどね、ここの人間には、シャノン様が遊び歩いているなんて、噂《うわさ》通りの人と思っている者はいないよ」

「そう……なんですか」

「あの方は素直じゃないっていうか、あんまりちゃんと働いてることを言わない性格だろ？　格好つけようとしないっていうか……」

「そうかしらねぇ……あれ、逆に格好つけてるんじゃないかしら？」

マチルダの声にアガサが考え込む。

「……どっちかねぇ」

「どっちにしろ格好はいいけどねぇ。ウチの娘なんてもうすぐ嫁に出るってのに、一度見ただけでもう夢中よ！　まったく……シャノン様がああいう方だから許されてるけど、本来あたしらなんかは口をきくことすらないような雲の上の方だってのに……」

リゼルカはシャノンのことを知らない。

それなのになぜ、噂話だけ聞いて知った気になっていたんだろう。

「で、どんな関係なの？」

「え？」

「シャノン様だよう！　やっぱりその……恋仲なのかい？」

「ち、違います。彼は仕事の一環で……」

「いやいや、仕事の一環って顔してないよシャノン様は」

「そうよう！　ただならぬ感じがするわ！」

「それは深読みです。私たちは幼い頃からあまり仲がよくなくて……」

「幼馴染《おさななじ》みなのかい？　それはいよいよ……」

「たぎるわ！」

「違いますって……その……」

リゼルカは口ごもる。シャノンとの関係を濁すのは聖女であることを隠しているためだったが、アガサもマチルダもそこで込み入った事情を聞いてはならないと察したようで、口をつぐんだ。

「あっ、恋仲といえば、ルディのとこ、結婚したじゃない？　あれ……すっごい大変だったらしいわよ！」

「なになに？　なんだい？」

すんなりと話を逸《そ》らしてもらい、ほっと息を吐く。

そこから会話は完全に井戸端会議と化していった。マチルダは噂話が好きな情報通で、最近流行《はや》りの結婚式のやり方や、王都で有名な仕立屋の作るドレスの予約が数年先まで埋まっているだとか、色々と教えてくれる。そんなことを微塵《みじん》も知らないリゼルカは目を白黒させながら話を聞いた。

聖ヴァイオン教会は閉鎖的だ。聖女になってからは外部との接触は極端に少なかった。リゼルカはここにきて自分が思った以上に世間知らずになっていたことに気づいた。

そうして話していられたのも陽がまだ高くないうちだけで、しばらくすると患者がひっきりなしに訪れるようになり、その対応に追われた。

このあたりはほかに医療機関がないため、突発的な怪我《けが》や持病で薬をもらいにくる人間はあとを絶たない。

また、診療所には患者だけでなく、付近の住民もよく遊びにくる。グスタフのように以前世話になっただとか、身内が世話になっただとかで、自分のところで採れた薬草や余った布だとか、治療に使えそうなものをお裾分けにくる人間もいて、手が足りなければそのまま手伝ったりもしていた。

出入りしているシャノンが国の王聖魔法士であることは、診療所で働く人間以外には伏せられていたが、働き手が流動的なのもあって、どこからか噂を聞きつけて見にくる女性もいた。そうして、本人がいなくても診療所の人や近所の人と話だけして帰っていくのだ。

「ふふふ……ここは地域の玄関口みたいになってるから、面白い情報が集まるのよ……だから私は暇になるとここに手伝いにきてるの」

方々の噂に精通しているマチルダが眼鏡の縁をくいっと上げて言う。

リゼルカは診療所に訪れる人たちを見て、ときに話して、さまざまな人たちの生活の片鱗《へんりん》に触れながら、夢中で仕事をしていった。

そうして、夕方にシャノンが迎えにきた時、リゼルカはアガサによって腕に包帯を巻かれている最中だった。

シャノンは目を剝《む》いて駆け寄ってきた。

「リゼルカ！　何があった？」

「あぁ、シャノン様、足を怪我をした患者さんが転倒して……リゼちゃんが庇《かば》ってくれて、患者さんは無事だったんだけど……あのあたり床の一部が脆《もろ》くなってるだろ？　ささくれにひっかけちゃって」

「えぇぇ……大丈夫なの？」

「擦ってしまってちょっと血が出ましたけど、大した怪我じゃありません」

そう言ったが、シャノンは眉根を寄せたままだった。

「ごめんなさいね。あたしがついていながら……」

「いや、アガサが謝ることじゃないけどさ……」

「そうです。私がそそっかしかったんですから。患者さんに怪我がなくてよかったです」

「リゼちゃん、今日はもう、無理しないで帰りな？」

「いえ、まだ働けま……」

言葉の途中でシャノンの睨《にら》むような視線に気づいた。

「……やっぱり今日はもう帰ります」

アガサがうんうんと頷《うなず》き、シャノンが重々しく、こくりと頷いた。

隠れ家に戻ってシャノンと共に夕食をとった。

献立は白パンと雉《きじ》肉のグリル、ビーツと林檎のサラダ、セロリのチキンスープだった。

ここに来てしばらくは食欲があまりなかったリゼルカだが、きちんと働くとちゃんとお腹《なか》が減って、しっかりおいしく食事ができる。

「君って、一見しっかりしているようで……かなり危なっかしいよね」

「いえ、危ないことはありません。私は痛みに慣れてますし」

「はぁ……だから、それだよそれ」

シャノンには呆《あき》れられたが、リゼルカは自分が少し息を吹き返したような気がしていた。診療所で懸命に働いていると、充足感があった。

シャノンをちらりと見る。碧色《あおいろ》の瞳はいつもと変わらず美しく、その顔はおそろしく整っている。隙だらけのようなのになぜだか隙がない。どことなく摑《つか》みどころがない男だ。

スープの皿を綺麗《きれい》に空にしたリゼルカは、口元をそっとナプキンで拭うと言った。

「あの、お仕事、されてたんですね……」

「え？　してるよ？」

「歴代の筆頭王聖魔法士は、皆、昔はあなたのような視察の仕事を？」

「いや、十七歳になると国の王子と王聖魔法士は政治の自発的参加が許されるようになるんだけど……普通はなんだろ……政策を提案したりとかそんな感じじゃない？　僕は僕に合った仕事の仕方をさせてもらってるだけだよ」

「遊び歩いていると思ってました……」

シャノンは才能ある魔法士だが、女好きで不真面目で、遊んでばかりできちんと働く気がないというのが巷の評判だった。

「まぁ、みんなそう思ってるよね。そのほうが王都でも警戒されずに話聞けるから都合がいいんだけど……」

「よくありません。あなたの言い方にも問題があると思います。あんな……酒場に行くなんて言ったら……誤解します」

「人に知られないほうが話を聞き出しやすいから隠す癖がついてたんだけど……確かに君には隠すことなかったかもね。ごめん、もしかして不安になった？　ちゃんと君の魔力についても調べてるよ」

「……はい」

食事を終えたリゼルカは、座ったまま頬杖《ほおづえ》をついてぼんやりしているシャノンに声をかける。

「……練習を、お願いできますか？」

診療所の仕事は充足感があったけれど、やっぱり今日も何度も思ってしまった。魔力が戻りさえすれば、ここに来る患者だって、治癒することができるのにと。

「え？　うん……まだやる気なんだ」

「嫌ですか？」

「いや、そんなことないけど、頑張るねえ……何すんの？」

シャノンが若干の呆れを滲《にじ》ませた顔で頷いた。

「私は詳しくないので……何かありませんか？」

「え？」

そう聞かれたシャノンが固まった。しばらく、あらぬところに視線をやって、何か考えているようだった。しかし、リゼルカの顔を見てはぁ、と息を吐いて小さく首を横に振る。

「なんですか？」

「いや、どれもこれも君には無理そうだと思って……」

「できます」

「どっちにしても僕が考えたのなんて、ごく軽いものでも君はえげつなさで倒れる可能性あるから……君ができる範囲で自分で考えたほうがいいと思うよ」

そう言われてリゼルカは数秒考え込む。そうしてぱっと顔を上げ口を開いた。

「では……抱擁を」

「抱擁？」

「ご存じですか。その……ぎゅっと、抱きしめ……」

「存じてる。どうぞ」

そう言ってシャノンが立ち上がる。リゼルカはその前まで行った。

しかし、そこでリゼルカは固まってしまった。その顔は見る間に赤くなっていく。

「……あ、あなたからお願いできますか？」

「え、べつにいいけど……」

シャノンが一歩前に出ると、リゼルカはビクッと揺れて、一歩後ずさった。

シャノンがもう一歩進むと、リゼルカも一歩下がる。

「……君ほんと、心は素直じゃないのに体は正直だよね……」

「いかがわしい言い方はやめてください」

「……どこがいかがわしいんだよ。体が嫌がってるってのに……」

「何か怖いんで……やっぱり、動かないでもらえますか」

「はぁ……いーよ。僕が君に危害を加えない存在であることを、身をもって知って？」

シャノンはその場で軽く両手を広げてみせる。

リゼルカは、治療で男性の体にもためらいなく触れてきた。今、目の前にいる男性は、聖女の治癒を必要としている患者だと自分に言い聞かせる。

言い聞かせ過ぎて脳が混乱したのか、リゼルカはすっと伸ばした手のひらをシャノンの胸に向けてそっと当てた。彼の胸は思ったより速く鼓動が波打っていた。

「………」

「……何してんの？　変わった抱擁だね」

「え？　あっ！　その……」

これでは完全に聖女の治癒だ。急いで両手を前に出したが、抱擁には程遠い距離感で、リゼルカはそのままシャノンをぐいぐいと押し、余計に距離が空いていく有様《ありさま》だった。

シャノンが遠い目をして言う。

「僕の知ってる抱擁とだいぶ違う……」

「体が正直ですみません……」

「だーからさー……そこまで拒否反応出るなら無理しなくていいのに……」

シャノンがだいぶげんなりした顔でそう言った時、天井から吊《つ》るされている鐘がガラガラと音を立てて鳴った。

「寝室にも同じものがありましたけど……これは一体なんです？」

「これ？ これは『ギアドの鐘』っていう代物で……昔は魔法士間の連携に使われてたらしいんだけど、僕が魔眼石を使って片方に魔力がなくても使えるように改造したんだ。最近ずっと僕は王都を離れてここにいるから、緊急で呼び出したいときに王都にある鐘を鳴らすと、連動してこっちも鳴るようになっている」

「ただの変な飾りだと思ってました……」

そして、じっとそれを見てからシャノンに向き直る。

「もしかして……これをいろんな女性のところに配ってあるんですか？」

「君……僕をなんだと思ってるんだよ……こんな古臭いもん使ってまで女遊びするとかどんだけ好色なんだよ。これの片割れを持ってるのは一人だけだし……言っとくけど男」

「そうなんですか……」

「そこまで意外な顔をされるとさすがに落ち込んだけど……」

「……すみません」

「というわけで……悪い、これから行かなきゃいけなくなった。明日の朝までにはちゃんと戻って君を診療所に連れていくから、今日はもう休んだら？」

「わかりました」

リゼルカは素直に頷いて、浴室を使い部屋へと戻った。

シャノンには少し慣れてきたような気がするのに、抱擁はできなかった。まだどこか、得体の知れない感じに臆してしまっているのかもしれない。

＊＊＊

シャノンは明け方に帰宅して、約束通りにリゼルカを診療所に連れていってくれた。

そして診療所の玄関の中までリゼルカを送ると、あくびをしながら踵《きびす》を返す。

「今日も、どこかに行くんですか」

「うん……今日はちょっと遠くの酒場……」

「……帰って少し寝たらどうです？」

「人と約束してるから、そうもいかないんだよね。それじゃあ、いってきまーす」

そこにちょうど来たマチルダがシャノンの背中を勢いよくばしんと叩《たた》き言う。

「はぁい！　いってらっしゃい。シャノン様！　お仕事頑張ってね！」

「痛い……もうちょっと優しくしてよ」

シャノンはぶつくさ言いながら出ていった。

その日の午後は少し時間が空いたので、薬師のカーターに質問していくつかの薬の種類や効能について教わった。

彼は極度の人見知りなためこちらの目を見ようとはしないが、ぼそぼそと言葉少なにされる説明は驚くほどわかりやすい。

たとえば鎮静剤として使われているそれは生の薬草を使っており、傷みやすく日持ちしない。王都周辺ではまず使われないものだ。それでも、ここでは重要なものとして使われている。予算がないので、あるもので最善を尽くすしかないからだ。それに、聖女の仕事と違って症状に合わせてそれぞれ違った対応が求められていた。

カーターは寡黙ながら常に患者の顔を見て、次から次へと薬を出していく。その手が早い。ほとんど患者の名前と単語しか言わないのに察して動くアガサの連携も見事だった。

何百種類もあるであろう薬について、カーターだけでなく、アガサも把握している。

リゼルカはこれまで聖女の力で治癒させていたため、薬のことはひとつも知らなかった。世間一般の噂話《うわさばなし》や流行だけでなく、自分が携わってきた医療についてもリゼルカは無知だった。だから目にすること、耳にすることのひとつひとつが自分の見識を広げていくような感覚があった。

また一日いっぱい働き、夕暮れ頃にシャノンが迎えにきて、二人は屋敷《やしき》へと戻ってきた。

「今日は怪我《けが》とかしてないよね？」

「してません」

「……でも……なんか、元気なくない？」

「え？」

リゼルカはそこまでわかりやすくないはずだが、シャノンは細かな変化を読み取ってくる。リゼルカは知らないが、女たらしとはそういうものなのかもしれない。

「いえ、ちょっと……入院していた方で、悪化してしまった方がいて……」

診療所で手を打てることはなくなってしまい、家族と話し合って家に戻っていった。アガサも言っていた通り、あそこでできることはごく少ない。

「私に魔力さえ戻ればと……考えてしまっていたんです……」

シャノンは黙ってテーブルに着いた。頬杖をついてから、口を開く。

「……うちは予算もないし、医療の程度もまだまだで、やっぱり力が及ばないことは沢山ある。君は教会に持ち込まれる案件はのきなみ治癒させてきたんだろうけど、現実にはすべての人間を助けることなんてできないよ」

顔を上げてシャノンを見る。真面目な顔をしていた。

「どうしたって、あの診療所の医療には限界があるし、物資も人手も限られている。フィンレイ診療所だけでなく、今のこの国の医療は未熟だし、そもそも患者の数に医療機関の数が追いついてないんだ。すべての患者が平等に満足な医療を受けることはできない」

「そう……なんですか」

「何を驚いてんの。君のいた教会だって、すべての患者を受け入れることなんてできないから、寄付金の多さや、身分の上下で患者を決めていたんだろ」

「そんな……」

リゼルカは驚きに息を呑《の》む。

「そうかと思ってたけど……やっぱり知らなかった？」

「知りませんでした……」

リゼルカは毎日言われるままに治癒室に入り、そこにいる患者をただ治癒していた。患者を決めるのは司祭の仕事だった。けれど、今までだって自分の見えない場所で、助けられるはずの誰かを救えていなかったかもしれないのだ。

「もちろん治療にはどうしたって金がかかる。普通の医者は治療費が払えるかでそこを選別している。あの教会は直接的に医療費は請求しないが、寄付金をその代わりにしている……僕はべつにそこを否定はしないよ。それが現状で、現実なんだ」

限られた物資と人員で人を救うには限界がある。すべてを助けようとすることで医療機関の体制が崩壊するのを防ぐためには、どこかに基準をもうけて誰かが判断をしなければならない。金銭で区切るのはわかりやすく合理的だが、富裕層が優先されてしまう。

「でも、フィンレイ診療所はもう少し開けた場所にしたいから、医療費を持たない患者も受け入れている。限られた物資と人手の中で、〝なるべく多くをできる限りで〟救える選択をしているんだ」

気負いのない口調で言うシャノンの顔を正面から見る。

「ただ、将来的には、すべての国民が格差なく、適切な医療を満足に受けられる……そんな国になればいいと思っている。その辺は僕の立場だから望めることでもあるしね」

リゼルカはずっと、聖女の力さえあれば多くの患者を救えるのだと思い込んできていた。けれど、それは無知で視野が狭かったかもしれない。

そうして、目の前の男の印象がまたひとつ、変わっていく。

リゼルカは彼の言葉やその意味についてもう少し深く考えようとしてみたが、不意に強い眠気に襲われ、あくびを噛《か》み殺した。聖女として、魔力だけを使って働いていたリゼルカにとって、走りまわる診療所の仕事は思った以上に体力を使うものだった。

「眠そうだね。もう遅いし、君はもう休みなよ」

「いえ……今日も練習をお願いしたいんですが……」

「え？　練習？」

シャノンは少し面食らった顔をした。

「練習です」

「いや、疲れてるならちゃんと休みなよ。明日も診療所行くんでしょ？」

リゼルカは少し考えてから、素直に頷《うなず》いた。

「そうですね……では、そうさせてもらいます」

浴室を使い、寝台に横になると、心地良い疲れが体を満たしていく。

昔、ルーク・ピアフが手紙の中でよく書いていたことがある。

〝僕は君のように自由に生きられる環境が羨ましくて仕方ない。誰かのためになんて、正直思えない。なぜ君は自由があるのにわざわざ他人の世話を焼きたいなんて考えられるんだ？〟

〝私はずっと役立たずだったから、周りから必要とされている人に憧れているし、自分もそんな存在になりたいんです。今はまだ、そんなふうにはなれていないけれど、たとえば小さくても役割が持てれば、私がいることに価値が生まれる気がするんです〟

リゼルカは今、少しでも誰かの役に立てているだろうか。

＊＊＊

リゼルカがフィンレイ診療所で働き始めて十日ほどが経過した蒸し暑い夕方のことだった。その日も慌ただしかったが、陽が傾き始めた頃に一段落して、リゼルカはほっと息を吐いて座っていた。

ふと、入口のあたりで何か揉《も》めているような声がしているのに気づき、リゼルカは立ち上がってそちらに向かった。

「会わせていただけないんですか？」

女性の小さな声がして、それに答えるグスタフの大声が聞こえてくる。

「教会だろうが親戚友人だろうが、誰も会わせないようにって上からのお達しなんだよ。さぁ、帰った帰った！」

「あ、あの、でも……」

聞き覚えのある声に、リゼルカが覗《のぞ》き込む。

そこには聖ヴァイオン教会の聖女であるシエナがいた。

ひと目で聖女とわかる装いの彼女はグスタフとアガサ、診療所の護衛騎士と教会の護衛騎士に囲まれて困った顔をしていた。リゼルカに気づくとほっと表情をゆるませる。

「シエナ……？　どうしたのですか？」

「リゼルカ様……！　捜していたんです！　教会にお戻りになってください」

シエナがそう叫ぶと、周りがしんとした。リゼルカが聖女であることは皆にも伝わってしまっただろう。

「すみません、彼女と少し話をしたいので場所をお借りできますか」

シエナの追い詰められたような顔を見て、リゼルカは周囲の視線を避けるように談話室へと向かった。

談話室に入ると、リゼルカとシエナは向かい合って座った。

小柄で弱々しい彼女は聖女としての能力は低く、ここ数年リゼルカの付き人をしていた。教会の聖女たちの中では最も馴染《なじ》み深い。だからこそ寄越されたのだろう。

「ご無沙汰しております。リゼルカ様」

「はい。突然いなくなって、ご迷惑をおかけしてます」

「いいえ、あのあと王国側から説明がありました。魔力を何者かに魔術で抜かれたというお話はうかがっております。でも、もしリゼルカ様の魔力が戻らなくとも司祭は見放すようなことはなさりません。教会にはほかにも仕事はありますし……司祭は、すぐに教会に戻るようにと……」

教会には、力が弱いため治癒にはあたらず掃除や食事の支度に従事している聖女が何人もいる。魔力がないからといって、役割が何もなくなるわけではない。リゼルカが教会を出たあの日、パトリックはそれを伝えようとしてくれていたのだろうか。

リゼルカは一方的に出てきてしまったが、パトリックに対しては恩を仇《あだ》で返したような気持ちだったし、あとで説明をして謝罪をしたいとはずっと思っていた。

本来、教会内で起きたことについて王国は不可侵だ。従う義務はない。ずっと自分の価値を作ってくれていた場所に戻ったほうがいいのかもしれないという想《おも》いが湧いた。

けれど、外の世界に出て知ったさまざまなことが頭を過ってリゼルカを頷かせずにいた。

リゼルカは無知で、あまりに世間知らずだった。聖女の力を使わない医療についても、国の医療の実態についても、様々な人の考え方や優しさも。今あの閉鎖的な教会に戻ったら、もうこれ以上知ることはないだろうと思えた。

迷いが胸に渦巻く中、リゼルカはごくりと唾を飲んでから小さく口を開ける。

「魔力が戻ってないので、まだ戻りません。司祭にもそうお伝えください」

気がつくとそう答えていた。

「なぜですか、ここにいるなら、教会にいてくださっても……」

「国からの要請です」

「国は教会に介入はできないはずです！」

シエナは気弱な子だ。だからリゼルカが断ればすぐに引いてくれるだろうと少し侮っていたのかもしれない。

けれど、シエナは涙をたたえた目で、リゼルカを強く睨《にら》んでいる。

「リゼルカ様……あなたは以前、私が教会を出ようとしたのを止めてくださいました」

「そうでしたね」

聖女として教会に来たシエナだったが、初期魔力が弱いのに加えて、痛みに対して極端に臆病だった。だから自分には聖女の仕事は向いていないと、すぐに教会を出ようとした。

けれど、彼女もリゼルカ同様孤児だったため、寄る辺のない状態で出ていくのは辛《つら》いだろうと止めたのだ。

「わっ、私には戻って掃除でも洗濯でも、教会にはほかの仕事があると止めてきたくせに……あなたは私と同じことができないと言うんですか？」

「シエナ、そうではありません……私は……」

「そうじゃないなら、なぜ聞いてくださらないんですか⁉ あ、あなたには、ずっと……ほかの人にない能力があって、必要とされていました。だからっ……あなたは本当はずっと、私たちのように力の弱い聖女を見下していたんじゃないですか？」

涙目で睨まれて言われ、言葉に詰まる。

リゼルカはほかの聖女たちのことを決して見下してはいなかった。それでも、後ろめたさは湧いた。リゼルカはずっとただ、自分の価値を作ることばかり考えて仕事をしていたからだ。そういう意味では彼女たちのことを視界に入れてすらいなかったのだ。

「リゼルカ様……私の言ったことを否定してくださるなら……戻ってください。戻って、私と同じ仕事をしてください……戻ってください……」

シエナの瞳は昏《くら》く胡乱《うろん》で、滲《にじ》むような憎しみを感じさせるものだった。

教会内に嫉妬や、やっかみが存在するのは知っていた。けれど、ずっと身近で働いていたシエナにまでそんな目を向けられているとは思ってもみなかった。

だけど、きっとそれは、魔力がほかより高いだとか、能力があるだとか、そんなのは関係なく、自分が他者との関わりをきちんと考えてこなかったのが原因なのだ。

リゼルカは俯《うつむ》いて、深く呼吸した。

もやもやとした感情の中、シャノンの言葉がいくつか甦《よみがえ》る。

――君のいた教会だって、すべての患者を受け入れることなんてできないから、寄付金の多さや、身分の上下で患者を決めていたんだろ。

――将来的には、すべての国民が格差なく、適切な医療を満足に受けられる……そんな国になればいいと思っている。

リゼルカは顔を上げた。そうしてまた、はっきりと答えた。

「ごめんなさい。何を言われても、今戻る気はありません。これは私の意思です」

シエナが帰ったあと、窓の外を見ていたリゼルカにアガサが声をかける。

「リゼちゃん、ヴァイオンの聖女さんだったんだね……知らなかったよ」

「黙っていてごめんなさい。今、魔力をなくしていて……」

「まぁ、シャノン様が急に連れてきた子だから、なんか訳ありなんだろうとは思ってたけどね……でも、よかったのかい？」

「ええ、司祭は気にせず戻るようにとおっしゃってくださっているようですが……今はまだ、ここで勉強させてもらいたいんです」

話していると、入口にシャノンが現れた。

「あ、シャノン様、おかえりなさい」

「ただいま。雰囲気が少し妙だけど、何かあった？」

「さっき教会の人が、リゼちゃんを迎えにきたんだよ」

「うーわ、もう聞きつけたのかよ……こんな辺鄙《へんぴ》なところまで……何その執念。引くわ」

シャノンが端整な顔を歪《ゆが》め、アガサが脇から言う。

「辺鄙で悪かったね……」

「あ、失礼」

シャノンはアガサとリゼルカを見て続ける。

「しかも……会わせちゃったの？」

「私が中に入れたんです。よく知ってる子でしたし……」

「司祭さん、優しい人なんだね。力がなくてもいいから戻ってきなさいって。教会にいたほうが安全だからって。でも……リゼちゃん断っちゃったんだってよ」

「あ……そう」

シャノンは少し意外そうな顔でリゼルカを見た。

魔法陣のある小屋は診療所の外にあり、少しだけ離れている。シャノンがリゼルカの少し前を歩きながらぽつりと言う。

「帰らなかったんだね」

「ええ、魔力も戻っていませんし……」

リゼルカが教会に帰らなかった理由はもう少し複雑なものだった。けれど、うまく言葉にできずに簡潔に答える。

「……あれ？」

小屋のすぐ手前でシャノンは足を止めた。

「どうかしましたか？」

「うん、ちょっと気になって……」

彼は小屋に入ってからもあたりを少し見まわしていたが、壁に無造作に立てかけられていた杖《つえ》を手に取る。

「ちょっと待っててくれる？　君はここにいて」

シャノンはそう言って、また一人で外に出ていった。

しばらく待っていると、外で大きな爆発音がした。続いて、どおん、ごさごさごさ、という何か大きなものが倒れるような轟音《ごうおん》もする。

驚いて扉から顔を覗かせると、シャノンが小屋の屋根からひらりと降りてきた。

「何かありましたか？」

「いや、虫の気配がしただけなんだけど……」

「……虫、ですか？」

「うん。逃げられた。でも、刺してくる虫だから……ちょっと魔法陣の位置を変えよう」

シャノンは診療所へと取って返す。シャノンのいう『虫』が本当の『虫』ではなさそうなことには気づいていたが、聞ける雰囲気ではなかった。じわりと嫌な汗が湧く。

シャノンは診療所に戻るとすぐに、貯蔵庫がふたつ並ぶ奥の廊下に入った。そして、片方の貯蔵庫に入ると中の物を外に出し始める。脚の壊れた椅子やボロボロの箒《ほうき》、使われていない薬瓶など、雑にどんどん扉の外に放っていく。

通りかかったグスタフがぎょっとした顔をした。

「シ、シャノン様、何やってんですか！　そこはこの間苦労してようやく片付けた……」

「悪い悪い。魔法陣こっちに移すから、今出した物は外の物置小屋にお願い」

「なんちゅう横暴な！」

「ごめんて。メアリーに会いにいったとき、パパがどんだけ格好いいか宣伝するからさ」

「畜生……！　わかりましたよ！」

　グスタフが頷《うなず》いたそばから、今度はアガサが来て言う。

「シャノン様！　物置小屋の裏の樹《き》、なんかやったでしょ！　困るよ！　あんな大きな樹を倒されたら！」

「ごめんごめん。ちょっと勢い余っただけ。騎士団の護衛騎士に片付けさせておいて」

「まったくもう……！」

　アガサはぷんすかしながら出ていった。

　シャノンは物を全部出すと、ポケットから白墨を出して床に魔法陣を描き始めた。

「リゼルカ、これ、そこそこ時間かかるから、退屈だろうし中に戻ってお茶でも飲んで待っててい－よ」

「いえ。ここにいます」

　何が起こったのかわからないが、描き直すのはリゼルカの安全のためだろうということはわかる。ここにいても何ができるわけでもないが、自分だけ休む気にはなれなかった。

シャノンはリゼルカの顔を黙って見たけれど、また描きかけの魔法陣へと視線を戻した。

結局、屋敷《やしき》に戻ってこられたのは、かなり遅い時間だった。

「まさかずっと見てるとは思わなかったよ……」

「いえ、何も見ずにずいぶん綺麗《きれい》に描くのだと、感心してました」

「子どもの頃から、ものすごい数を描かされてきてるからね」

「そうなんですか」

シャノンは巷《ちまた》では軽薄で不真面目という評判だったが、なんだかんだ魔法士としては、きちんと教育を受けてきているのが窺《うかが》われる。

「……ああそうだ。君が魔力を失う直前に治癒させた患者について、報告書が上がってきたんだけど」

「本当に調べてくれてたんですね」

「調べてるよ。今最優先にさせてる仕事だし」

「どうでしたか」

「由緒ある貴族だし、遡っても魔力のある人間はいない」

「そうだと思います」

「一応僕も会いにいったけど、一人息子の難病を治癒させた君にはとても感謝しているようだった」

「元気でしたか？」

「あぁ、病気だったのが信じられないくらい跳ねまわってたよ。遊びに付き合わされて……明るい子だね」

「いえ、私は患者とはあまり会話をしないように言われてますから……そんなに明るい子だったんですね」

「ヴァイオンてさあ……ほかと比べてもかなり閉鎖的だけど、それも、パトリック司祭の方針？」

「ええ。聖女を悪用しようとする輩《やから》もいますから、パトリック司祭が外部から護《まも》ってくれているんです」

「聖女を護るねぇ……綺麗ごと言ったって、あの司祭は聖女で儲《もう》けてる人だろ？　聖女は若い女ばっかりだから、外部の人間にちょっかいかけられて、金の卵を産む鳥を単に逃したくないだけだろ」

「そんな言い方……」

シャノンの辛辣な言い方にリゼルカは眉を顰《ひそ》める。

「儲けてるのは事実だろ？　ただの教会を奇跡の医療施設にしてしまうくらいのやり手みたいだしね」

「でも、今の私には魔力はありませんよ。司祭はご厚意で戻るようにと……」

「魔力がなくなっても君があの教会の看板なのは変わらない。その存在がまだ金になると踏んだんじゃないの？」

「彼は昔から身寄りのない子たちのいる施設に寄付をしたりしています。私もハドリーが亡くなって、そこに戻る予定だったところを拾ってもらったんです。司祭は人格者ですよ」

「君は以前から有名だったよ。パトリック司祭は用心深いわりに自己顕示欲もあったんだろうね。だから隠せばよかったものを……みすみす君という稀有《けう》な聖女の存在を世間に広めてしまった。あれは失策だった。そのせいで君は今、狙われてる」

「シャノン、何も知らずに悪く言うのはやめてください！　教会が名を上げることで救われた人は増えました。それに、私が聖女として成長できたのは彼のおかげなんです。司祭は優しくて立派な……」

「もういい」

「え？」

「その話……もう聞きたくない」

シャノンはあからさまにむすっとしていた。

「あなたは一体何を怒ってるんですか？」

「怒ってないし……」

「なら、そんな大人げない態度はどうかと思います」

実際のところ、苛立《いらだ》っているのはリゼルカも同じだった。

けれど、同時にシャノンの言葉に必死に反論する自分に違和感を覚えていた。

リゼルカはずっと、恩人であるパトリックの元でやれることをやって患者を救ってきたという自負があった。だから本当のところは、彼を否定されると自分が積み上げてきた価値まで消えるような気がしてしまう。反論は自分の価値を守るためにしているにすぎなかったかもしれない。自分で薄々そのことに気づいていたせいで、もやもやしていた。

けれど、シャノンは思ったことを言っているだけだし、実際にパトリックが何を考えて教会を運営していたのかはわからない。きちんと思惑を知らずに物事を判断はできない。

だからその苛立ちは、シャノンに対してでも、パトリックに対してでもなかった。

リゼルカはただ、パトリックを恩人として妄信し、何もかもを自分で考えることを放棄していた自分に腹を立てていたのだ。

苛立ちの中にその原因をはっきり見つけたリゼルカは急に頭が冷えて、はっとシャノンを見た。

彼は相変わらずむすっとした顔で、脚を組んでそっぽを向いて座っている。

シャノンはいつもは飄々《ひょうひょう》としていて、軽薄で掴《つか》みどころがない。人を食ったような態度で、どこまでも本心を見せないその感じがリゼルカはずっと苦手だった。

だから今、ちょっとしたことでむくれているその姿には、逆に親しみやすさを覚えてしまう。この人も自分と同じ人間なのだと、当たり前のことに気づいたような気持ちになる。

リゼルカは、彼の背後に立った。

「シャノン」

「……なに？」

「その……触れてもいいですか？」

「え？ 何それ……例の練習？ この流れでよくそんなこと言えるね……」

「いえ、そうではなくて……」

「君、こんなときまでまだ魔力のこと言ってるの？ とらわれ過ぎじゃないの？ だいたい練習ったってどうせ君は僕のことが嫌いなんだから……」

「そ、そうじゃなくて……！」

リゼルカはシャノンの横に行ってすっと手を差し出した。

シャノンに関してはなぜ怒っているのかいまいち見えない部分もあった。だから理由もわからずに口先だけで謝る気にはなれない。けれど、リゼルカは自分の苛立ちを彼に転嫁しかけていて、そこには薄い罪悪感があった。

だからそれは、リゼルカなりの、遠まわしな仲直りの提案だった。

シャノンはしばらく黙ってリゼルカを見ていたけれど、差し出された手をゆっくりと取った。重なった手は温かく、そのことにどこか安心する。

しばらく、無言で手を握り合っていた。

「…………」

「……さっきはごめん……言い過ぎた」

シャノンが言って、今度は項垂《うなだ》れた。

さっきは唐突にむくれだしたかと思えば、今度はものすごく落ち込んでいる。

今日のシャノンはなんだか人間臭い。感情に振りまわされて落ち込んでいる感じは、飾りけのない彼の素の顔に感じられる。

「私は……確かに以前はあなたのことが苦手でしたけど……」

今は、正直よくわからなくなってきている。

リゼルカは握手したままのシャノンの手を持ち上げて、両手で包むようにした。

「え？」

シャノンの驚く声が聞こえたが、リゼルカはつながったままの手を見つめてぼんやりと考え込んでいた。

こんなことになってから彼と契りを交わすことについて何度も考えている。嫌悪感は思いのほか薄かったが、この手に素肌を触れられることについてはまだまったく覚悟ができていない。

けれど、今その手は、不思議と美しく見えた。

自分より大きくて、少しごつごつした手を見つめる。

リゼルカはそのまま吸い寄せられるように、彼の手の甲にそっと口を付けた。

「……っ」

シャノンが息を呑《の》む音が聞こえ、顔を上げると、びっくりした顔をしてリゼルカを見ていた。少し頬が赤い。

リゼルカは、ぱっと手を放した。顔を隠すようにシャノンに背を向ける。

「なに今の……」

自分でも少し混乱していた。ただ、なんとなくそうしてみたくなったのだ。

「……練習です」

うまくごまかせたのかはわからなかったが、シャノンは大きく息を吐いたあと、立ち上がって伸びをした。

「うーん……なんかめちゃくちゃ腹減った……夕食にしよう」

シャノンは小さく笑って言うと、厨房《ちゅうぼう》へと移動した。

二人はパンとスープとラム肉のグラタン、マッシュルームの香草焼きの夕飯を取った。

シャノンが作るものは、どれもとても美味《おい》しかった。

「お料理……上手ですよね」

「口に合ったなら幸いだけど、べつに僕が考えたわけじゃなくて、どれも家のお抱えの料理人の味を再現してるだけだからね……設備が違うから凝ったものは作れないし」

「それでも、そんなに簡単に再現できます？」

「飾り細工したりするのはまた別の職人技術だけど、同じ材料があって、できる調理器具があるんだから、作り方をちゃんと聞いて覚えてればだいたいの味くらいは再現できるよ」

シャノンはこともなげに言う。

「僕は本当はさ、自分のことなんて全部自分でできるし……たまに誰からも注目も指図もされずに、一人で生活できたらどんなにか気楽だろうと思うんだけど……それは環境的に一生許されそうもない」

そう言ってゆるく笑うシャノンの表情は、初めて見るものだった。

「だからさ、今のこの生活は、なかなか貴重なんだ。僕は結構楽しんでるよ」

リゼルカは保護されることでシャノンを拘束していることに、後ろめたさを感じていた。

彼はそこに勘づいていて、そう言ってくれたのだろう。けれど、だからといって今彼が言ったことが完全に嘘《うそ》だとも思えなかった。

「だからまぁ、君もあんまり焦らないで」

「はい」

リゼルカのほうにも、もう以前ほどの強い焦りはなかった。

自分には知らなかったことが沢山ある。もっと外の世界を知るべきだと感じていた。

それに、魔力が戻る戻らないは別にしたとしても、自分がいるべき場所は、身分の上下や資金援助をした人たちを優先して助ける聖ヴァイオン教会だろうか。そんな想《おも》いも生まれていた。

ただ、外の世界に出たことで教会を捨ててしまうことは、自分を拾って育ててくれた司祭を裏切ってしまう罪悪感があり、迷ってもいた。

世間のこと。医療のこと。それから、シャノンのことも。

外の世界のことをもっときちんと知った上で、自分の行く末を自分で考えなければいけない。

第三章　中心街にて

その日、リゼルカは診療所で働き始めて、初めて給金をもらった。

臨時の手伝いだし、無理に働かせてもらっているようなものだからと固辞しようとしたが、シャノンはほかの手伝いの人間と同じ額を渡すといって聞かなかった。

「それは君が働いた分なんだから。ちゃんと受け取りなって」

「…………」

「べつに僕が払ってるわけじゃないよ。一応国から細々と予算が……」

「ホント、細々だよなぁ……」

近くにいたグスタフがしみじみと頷《うなず》く。彼は木工の仕事の分だけもらっているようだが、その額もやはりささやかなものらしい。

「……本当に大した額じゃなくて申し訳ないくらいだけど、なんか欲しいものとかあれば……」

リゼルカはシャノンに保護されてから生活にお金は使っていないが、同時に自分の自由にできるお金もなかった。以前も保護下のリゼルカの自由のなさを言っていたシャノンのことだから気にしていたのかもしれない。かといって、リゼルカは教会にいた頃でも自分のために何かを買った記憶はない。

そう考えた時、胸の奥にしまってあった欲求が疼《うず》いて、結局、リゼルカはそのまま給金を受け取った。

最近では夕食を作るのはシャノンで、片付けはリゼルカの役割となっていた。

片付けを終えてから姿を探すとシャノンは地下室にいた。彼の目の前の机には、分厚く大きな書物が何冊も広げてあった。彼が意外に勉強熱心なのは、一緒に住むようになってわかったことだ。入口から覗《のぞ》き込んで声をかける。

「シャノン……少し、いいですか？」

「いいよ。あ、そうだ」

書物から顔を上げたシャノンは、雑多なもので散らかったテーブルの上に手を伸ばした。

「……ちょうどよかった。これ、渡しとく」

シャノンが手に取って渡してきたそれは、ごく小さな鳥の卵くらいの大きさの赤い宝石がついたネックレスだった。

「それは魔眼石なんだけど……」

今までもシャノンの口からたまに名前の出ていた魔眼石というものは、リゼルカが知る限りでは、魔力を吸収したり排出したりの器として使われていることの多い宝石だ。この国では珍重されていて、ごく小さな物でもかなり高価だ。しかも、これは粒が大きい。リゼルカが教会で三年働いても買えないだろう。こんな高価なもの、理由もなくもらえない。

手のひらにのせて無言で見つめていると、シャノンが言う。

「僕が魔力をこめて細工したから……それを持っていればここと診療所の移動魔法陣《グエスミスタ》は反応する。往復は君一人でできるようになるはずだよ」

「そ、そういうことならば……ありがたく、お借りします」

「ただ、これは非常用っていうか、数回で魔力が切れるものだから……基本的に診療所には僕も一緒に行くよ」

この屋敷《やしき》は相変わらず容易に出入りができない状態だし、勝手に診療所から出ることも許されていない。だから何も変わってはいない。けれど、それでもその石は、信用されずに常に見張られているかのような緊張を取り除いてくれた。

リゼルカはここに来た理由を思い出し、シャノンの顔を見た。

「あの……」

「ん？」

「……こういったものを渡していただけたのは、私を自由にしても危険な行動をせず、ある程度あなたの保護下でやれるという信頼を少しは得たからだと思うんですが……」

「いや、そんな大層なもんじゃないけど。この間も僕が寝てて診療所行くの遅れたし……君が不便を感じてるんじゃないかと思って……」

シャノンはそう言ってきまり悪そうに頭を掻《か》く。

「まぁ、もともと信頼はしてるよ。君、真面目だし。他人に迷惑かけたがらないし」

リゼルカは赤い石を握りしめて、数秒逡巡《しゅんじゅん》したが、口を開く。

「それならその……少しでいいので、街に出る許可をいただきたいんですが」

「え？　街って、フィンレイの？」

「いえ、できたら王都の中心街のほうに」

シャノンはかなり意外そうな顔をした。

「医療の専門書が沢山あると聞きました。私は聖女の力を使っていたのでいまいち疎くて……買いにいきたいんです」

「それなら王城の書庫にもあるだろうから、適当に見繕って持ってくるけど……」

「いえ、その……」

リゼルカはそこで少し言いよどんだ。ためらう気持ちがあるのは書物が口実にすぎないからだ。それが隠せなかったことに恥じらいを感じていた。顔が赤くなるのを感じる。

「本はもちろん欲しいんですが、バミューシカの街を見たいんです」

「街を？」

「ええ。私は十三歳で教会に入ってから、ずっと見ていないので……様変わりしていると思いますし」

リゼルカは教会にいた頃も外に出なかったので、今の状況もそこまで窮屈には感じていなかった。けれど、だんだん今までの環境はかなり特殊だったのかもしれないと思うようになってきた。アガサたちと話していて、自分のあまりの世間知らずさが恥ずかしくなったのだ。今、何が売られているのか、何が流行《はや》っているのか、街はどんな雰囲気なのか、そんなものに少しでも触れて見聞を広げたかった。

「あー……うん……」

シャノンは少し難しい顔で固まってしまった。

物置小屋でシャノンが異変を感じて魔法陣を移動させた時のことを思い出す。リゼルカにはわからなかったので実感は薄いが、やはり狙われているのだろうとは思う。

彼はリゼルカの保護が仕事だ。大人しくしていてほしいのだろう。

「あの、やっぱり……」

やめておきますと言おうとした時だった。

「いいよ」

「……いいんですか？」

「うん、君はずっとここと診療所の往復だもんね。それは僕の仕事の進捗がイマイチなのも原因ではあるし……その代わり、僕も一緒に行く」

「でも、あなたには仕事がありますよね」

「君の保護も僕の仕事だよ。それに、城下で不穏な動きがあるみたいだからちょうど僕も見にいこうと思ってたとこだし……じゃあ、明日で。あとで僕からカーターに言っとく」

「え、はい」

あっという間に街への外出は決まった。

＊＊＊

バミューシカの中心街は国内で最も大きく、医療、服飾、食事、建築などすべてにおいて最先端のものが集まっている。

どこまでも店の建ち並ぶ通りから一本入った行き止まりに、ずっと前に閉店した小さな仕立屋がひっそりとあり、リゼルカとシャノンはそこからそっと出てきた。

「魔法士は皆、こんな移動魔法陣を街中のあちこちに置いてるんですか？」

小さく驚いた顔で言ったリゼルカに、シャノンはくすくす笑いながら言う。

「まさか。グエスミスタは良くも悪くも個人しか使えないから、魔法士それぞれが置くと邪魔になって仕方ないだろ。ほかの魔法士はみんな各都市に置かれてる共用で使える新しい型の移動魔法陣を利用してるよ」

「あなたは？」

「僕は仕事に使うから、特例」

歩きながら目の前に広がっている景色を観察する。

七年ぶりの中心街は、昔はなかった店や新しい建築様式の建物もちらほらとあって、思った通り、少し変わっていた。けれど、活気のある雰囲気だけはあの頃のままだ。

通りを行く人たちの服装、子どもの笑い声、店先で会話する声、道を通る馬車の音、パンの焼けた匂い、そのすべてが懐かしいのに新鮮で、リゼルカは安らいだ気持ちになる。

シャノンと共に眩《まぶ》しい石畳の通りに入ると、何人かの婦人たちがこちらを見て何か言っていた。

──あれ、王聖魔法士のシャノン様よね。本当に供も付けずに出歩いてるのね……。

──やっぱり雰囲気があるわよね……。

──素敵よねぇ、ウチの旦那と同じ人類とは思えないわ。

聞こえてきた声で、シャノンが注目を集めていたことを知る。

「すごく噂《うわさ》されてますね」

「地方はともかく、ここらじゃ顔が割れてるからね」

別の女性達の横を通り過ぎる時にまた話し声が聞こえた。

——あら？　やっぱり女性といらっしゃるのね！　あの方って、女性関係がものすごく奔放なんでしょう？

——そりゃあ筆頭王聖魔法士のアドルファス様の一粒種で……あの美貌だものね。貴族も自分の娘を玉の輿《たまのこし》にのせようと躍起になって送り込むもんだから、もう取っ替え引っ替えですってよ！

「……すごく噂されてますね」

「……そーだね。もう少し小さい声で話してもいいとは思うけど……」

よい注目ばかりではないらしい。

「今更なんですが、あなたのような立場の人間が顔を出して街をふらふら歩いて平気なんですか？」

リゼルカは現在の獅子王《しおう》と筆頭王聖魔法士の顔を知っているが、それは過去に教会で出席した式典で見たからだ。一般の人は顔すら知らないことも多い。それは国の重要人物だけに、身を守るという意味もあるだろう。たとえば獅子王には三人の息子がいるが、リゼルカですら彼らの顔は知らない。将来彼らの第一側近となるはずのシャノンが巷《ちまた》で顔を知られ、話題になっているのは問題ないのだろうか。

「君は知ってるかわからないけど、僕さ、昔……十六歳くらいの頃かな。誘拐されそうになったことがあって……」

「え？　大丈夫……だったんですね？」

「僕はもちろん無傷。誘拐犯も全員、殺してはない。けど、当時結構話題になったから、王聖魔法士の一族を狙うことの難しさは界隈《かいわい》に広まった。この街で僕を僕と知ってて狙うような馬鹿はいないよ」

誘拐されかけたというのに、逆にそれを利用して街に出ているあたり、かなり豪胆だ。

「ただ、父としては、護衛はいらなくても僕が何かしでかさないように、お目付け役は付けたかったみたいなんだけど……それも四十回くらい撒《ま》いたらやっと諦めてくれたよ」

どこまでも我儘《わがまま》で破天荒だ。リゼルカは呆《あき》れて目を丸くした。

「まぁそれでも、さすがに跡目を継いだらここまで気軽な外出は駄目になるかもね。今だけなんだから君も大目に見てよ」

しばらく並んで歩き、大きな書店の前でシャノンが立ち止まる。

「この店が一番いいと思うよ。僕はここにいるから、見てきなよ」

「はい。速やかにすませます」

「いや、べつにゆっくりでいいから」

店の中に入ると紙とインクの匂いに出迎えられる。奥からは印刷機の音が聞こえてきていた。本は想像以上に種類も豊富に取り揃《そろ》えてあった。

本は決して安価ではないのでリゼルカの給金で沢山買うことは不可能だったが、すべてつぎ込めば手が届くものはいくつかあった。

自分のための買物をするという、わくわくするような感覚は初めて感じるものかもしれない。リゼルカはうっかり時間を忘れてその空間をうっとりと楽しんでしまった。

買物を終えて急いで店の外に出ると、シャノンは店のすぐ外で、ぼんやりと壁にもたれて立っていた。そんな姿も、絵になっている。

「お待たせしてすみません……」

声をかけると、シャノンは小さく息を吐いて笑った。

「本、いいのあった？」

「ええ、おかげさまで……」

「それはよかった。ちょっと凱旋《がいせん》通りのほうも見ていってもいい？」

「え、はい」

リゼルカは用事が終わればすぐ戻るものだとばかり思っていたので、まだ街が見られるのは少し嬉《うれ》しい。

凱旋通りはバミューシカの王城と宮殿の間にある目抜き通りだ。

両脇には商業施設が建ち並ぶ。最初に歩いた通りよりは、きらびやかで高価なものを扱う店が多く並んでいる。

また、通りすがりの女性がこちらを見て噂話《うわさばなし》をしていた。その表情で、悪い噂をしているのがわかる。

『女癖』『遊び歩いて』『奔放な』

通り過ぎる時にそんな言葉の断片が拾えた。

シャノンはやっぱり多くの人に浮わついた女好きの遊び人と思われている。リゼルカだってずっとそう思っていた。

けれど、同居を始めてから彼に対する印象はがらりと変わってしまった。

彼は現在も各都市への視察をしながら、診療所の責任者と魔法士団の管理を行い、リゼルカの魔力を抜いた相手を追っている。夜に仕事で出ていくこともあるが、家にいる日は地下で分厚い魔法史の本を読んだりと、熱心に勉強をしている姿も見かける。

もちろん、日中や夜に出た先で彼が何をしているかまでは知らないし、合間に女性と会っていても知りようがないが、噂ほど沢山の女性と遊びまわる時間があるようには思えない。

だが、まったく火のないところに煙は立たないだろう。

噂はどこまで本当なんだろうか。

そうして、今隣にいるのだから聞けばいいのだということに思い当たった。彼がどんな人間であるかは、本人から言葉を聞いた上でリゼルカが判断して決めることだ。そんな当たり前のことを忘れていたことに小さな恥じらいを感じる。

「あなたは私が聞いていた話と違うところがありますが……最近は忙しくなって女性と遊ぶ暇がなくなったんですか？」

「はぁあ？」

シャノンは驚いた顔で足を止め、渋い顔を作って言う。

「まぁ、実際忙しくなったのは十七になって役割を増やされてからだから……三年くらい前からだけどさ。べつにその前だって……今と変わらないよ」

シャノンはそこまで言ってまた歩き出す。横目でちらりとリゼルカを見て言う。

「だいたい、僕は女性に対して特別態度を変えたりはしていないつもりだよ」

確かに、一緒に暮らすようになって改めて見ている限り、本人も言うように女性だからといって態度を変えているようには見えなかった。診療所に患者の身内の若い女性が来たところにシャノンが居合わせて、女性が目をキラキラさせているのも目にしたが、シャノンはいつも通りだった。

彼は身分のわりに人との距離感が近いし、言葉や態度は軽い。ある種の馴《な》れ馴れしさもある。だからそう見られがちだが、実際は女たらしというより人たらしで、男性にも同じ感じで接している。

「そうですね……わりと分け隔てないような……」

「自分で言うのもなんだけど、分け隔てがないのが僕の美点だからね」

リゼルカはちらりとシャノンを見上げる。

「そうなんですか。ちなみに自覚されている欠点はあるんですか？」

シャノンは少し考えてから、どこか遠い目をして言う。

「……見栄っ張《みえ》《ぱ》りで、素直じゃないところかな」

「……私の思っていた欠点と違いますね」

「そうだろうね……」

シャノンがリゼルカを半目でじろっと見てくる。

「君が思ってた僕の欠点は、どうせ、軽薄だとか不実だとかそんなのだろ……」

その通りだ。リゼルカじゃなくても、だいたいの人が浮かべるシャノンの欠点だろう。

けれど、その認識もやはり間違っているのかもしれない。

「僕はさぁ……生まれた時から七支国《しちしこく》の宰相の一人息子だったし……能力もアホほど高くて優秀だし、この通り顔もいいから、とにかく注目が集まりやすいんだよね。特に王都周辺ではちょっとしたことがバカみたいな尾鰭《おびれ》をつけてまわったりするもんだから……」

シャノンは自慢にしか聞こえない言葉を嫌そうな顔でゲンナリと言う。

「それで……だから……つい見栄を張ってしまう癖がついた」

シャノンは大きな背を丸めてはぁ、と溜息《ためいき》を吐く。

「でもまぁ、やりすぎると大抵ろくなことにならないから……もう少し素直に生きようとしてるところ」

リゼルカにはよくわからないが、シャノンにも色々あるらしい。自分のように、くよくよと思い悩むことのなさそうな人だと思っていたので、また少し身近に感じられる。

そのまましばらく通りを行くと、宝飾店の前に警察と騎士たちが何人か集まっていて、不穏な空気でざわついていた。

「あれ？　あいつ……来てたのか」

シャノンがその中にいた一人の男性に軽く手を挙げると、彼もこちらに気づいた。

男性はシャノンと同じくらい上背があるが、体躯《たいく》はもう少し逞《たくま》しい。切れ長の瞳に黒い髪の凛々《りり》しい男性だった。彼は遠目で見ても目立つ存在感を発していた。

「ガイ、何があった？」

シャノンにガイと呼ばれた男性は、こちらを見て、背後にいるリゼルカに気づく。

「シャノン……その人が例の……」

「そうそう。空《から》の聖女様」

「いや、そうではなく……お前の……」

シャノンがガイの肩に肘をのせて聞く。

「ガイ……何が起こったか教えてくれるかな？」

「え？　ああ、宝飾品の盗難だ。飾り剣、ネックレス、指輪と腕輪。少し前から急に増えて四件目だ」

「まさか……狙いは魔眼石か？」

「確認中だ」

ガイは低いがよく通る声で言う。

「念のため、取り扱いのある店すべてに騎士団から警護を配置することになった。お前のところにも警護はいるか？」

「僕のところは必要ない。それより、フィンレイ診療所にあと二人くらい護衛を増やしてくれる？　なるべくムキムキの奴。あそこはもう情報が漏れている」

「シャノン」

「ん？」

「詳しい話はあとで……たっぷり聞かせてもらう」

「魔眼石の話だろうね……」

「色々とな」

含みのありそうな会話をしている二人はいかにも仲がよさそうだった。

その場を離れたあとにシャノンが言う。

「今のはガイ。僕の腐れ縁で、えーと……騎士団の……関係者」

シャノンは本当にいろんな場所に知り合いがいるようだ。

そして、二人がしていた会話が気になった。

診療所の前にはすでに護衛騎士が常時三人ほど詰めていたが、物置小屋の一件以来、特に変わったことはない。それなのに増やすということは危険度が増しているということなのだろうか。

「暗くなってくるし、そろそろ戻ろう。旧市街にも移動魔法陣《グエスミスタ》をひとつ置いてるから、ここからだとそっちが近いかな……」

そう言って、シャノンはリゼルカを確認するように見てから歩き出す。

目抜き通りを少し離れ、旧市街の色とりどりの屋根が並ぶ通りを歩きながらリゼルカは聞いた。

「以前言っていた邪教について、もう少し、聞かせてもらえますか?」

子どもの頃から、そんなものは聞いたことがなかった。狙われていることを信じていないわけではなかったが、どこか現実味がなかった。けれど、自分に関係していることだ。もう少しきちんと知っておいたほうがいいだろう。

シャノンは「いいよ」と言って頷《うなず》いた。

「黒龍信仰が歴史に初めて登場したのは百五十年ほど前のことだよ」

「ずいぶん前ですね……」

「もともとは、北方の貧しい地域で貧困に喘《あえ》ぐ層の中で生まれた信仰だった。彼らは過去に七支国を焼き尽くすはずだった黒龍が再び目覚め、すべてを平等に更地にすることで富が再分配されることを望む宗教だったんだよ」

シャノンは静かに続ける。

「ただ、当時の邪教、その集団は実際には小規模な集会などを行っていただけだったし、末期には新天地を目指し集団自決をして歴史に埋もれていった」

リゼルカは黙ってシャノンを見つめ聞いていた。

「そこからさらに八十年ほどの時を経て突然、その邪教を後継する、ある男が現れた。名前はエルドラ。経歴や出身は不詳で、歴史に残っていない。これが実に悪魔的で、魅惑的な男だったみたいでね……」

「魅惑的……ですか？」

「ああ、彼は美しい容姿と、魅力的な声と話術で聞く者を虜《とりこ》にしてしまう。エルドラは自らを黒龍の使いと名乗り、黒龍が封印されている世界軸は歪《ゆが》んでいるとして、元に戻すことを主張し、各地で急速に信奉者を増やしていった」

「…………」

「そのエルドラが、黒龍復活の方法として提唱したのが空の聖女と大量の魔力を使った召喚法だった。当時はエルドラ本人がというよりは、その信奉者によって聖女が攫《さら》われる事件も一部であったみたいだよ」

「そんなことが……」

リゼルカは苦い思いを噛《か》み殺しながら話を聞く。

「ただ、そういった事件が頻発し始めたその一年後に、エルドラは突如姿を消してしまった。各所で死亡がささやかれたが、真偽は不明。いずれにせよ、エルドラという黒龍の使いを失った邪教は急速に勢いを失い。再び歴史から消えていった」

「では、その邪教は今はもうない……ということですよね」

「その通りだよ。今では影も形もない。エルドラも当時死んでなかったとしても、年齢的に今はもういないだろうしね」

「それでも、彼らを警戒してるんですか？」

リゼルカのその言葉にシャノンは少しだけ黙って、遠くを見るような目をした。

「七支国は三百年以上続く王国だからね。民衆はもう建国のいざこざなんて伝説として気にも留《と》めてない。けど、僕みたいな血筋の人間は幼い頃から自分が黒龍を封じる立場だということをしつこく言われて育っている……君はそれでなくとも目立つ聖女だった。その上で〝空の聖女〟というものは、本来自然には生まれない。どうあっても王国は警戒せざるを得ないんだよ」

シャノンの言葉を真剣に聞いていたリゼルカは、静かに息を呑《の》んだ。リゼルカは魔力を失《な》くす以前から、警戒すべき存在として目についていたということだろう。

「……よく考えたら王聖魔法士自ら来るなんて、ただごとじゃないですものね……」

「あ、いや……それに関しては……単に……」

シャノンがそこまで言った時、突然足元に大きな影が差した。頭上でばさりと大きな羽音が聞こえ、リゼルカは空を見上げる。

それは、巨大な鴉《からす》だった。

リゼルカとシャノンの真上を滑空している。

「なんかいるね。あんなの市街地にいるはずないから、誰かの使い魔だろうな……」

「ひと一人くらいなら運べそうですね……」

「……あれ？　ひょっとして、君をつれていこうとしてんのかな」

「え？　私をですか？」

どことなく緊張感のないやりとりを裏付けるかのように、鴉は旋回しながらだんだんと近くへと来ていた。

シャノンは鴉から目を離さず、自分の腰のあたりを探るように手でぽんぽんとした。

「やばい。杖《つえ》がない……置いてきた」

「ないと魔法は使えないんですか？」

「いや、僕の場合制御するためだけに使ってるから、使えなくはないんだけど……」

言っているそばから鴉が勢いよくこちらに向かってきた。

「きゃあっ」

リゼルカが驚いて悲鳴を上げる。シャノンがリゼルカの肩を抱き、庇《かば》いながら避けた。

「つっ……」

シャノンが小さく呻《うめ》く。鴉の尖《とが》った爪先がひっかかったようだ。彼の服の腕の部分が切り裂かれる。鴉はそのまま再び上空に上がり、こちらを狙っている。

「はぁ……仕方ないよね、これは……」

静かにそう言ったシャノンの目が金色の光を帯びた。

「どうしようかな……銃にするか」

「銃？」

「あ、いや、銃っていっても本物じゃないよ？　ルーク・スノーブルっていう昔の魔法士が考案した魔法式に〝ルーク・スノーブルの剣《つるぎ》〟っていうのがあって……それを応用するんだ。こうやって、指先を銃口に見立てて……」

彼が親指を立て、人差し指を伸ばして銃口のようにすると、指先が淡い光を帯びた。

鴉は少し離れた空中を旋回しながら、こちらをうかがっているようだった。その羽音は耳障りなほど大きい。

シャノンは空中の鴉から視線を外さなかった。

「……あ、来た」

どこか緊迫感を欠いた口調で言うと、シャノンは腕を伸ばし、目を細めて狙いを定めた。

「爆《は》ぜろ！」

その瞬間、きぃんと高い音がして、細い光の筋がまっすぐに鴉に向かって伸びていく。

すぐに爆発音が響き渡り、巨大な鴉は空中で破裂した。

黒い羽の一部がばらばらと、ゆっくり落ちてくる。

そして、その先にあった家屋の屋根まで欠けていた。

「あ、ほとんど粉微塵《みじん》にして手がかり消しちゃった上にあっちの家まで壊しちゃった……あとですごい怒られるやつだよこれ……」

あっけにとられているリゼルカの前で、シャノンは頭を抱えていた。

「やっぱ杖だ。杖があればもう少しなぁ……リゼルカ、大丈夫だった？」

「シャノン……怪我《けが》をしています。腕を出してください」

「え？」

シャノンが先ほど鴉の爪でやられた腕からは血が流れて、衣服に染みていた。

リゼルカはシャノンのマントをためらいなく捲《まく》り上げ、腕を掴《つか》んで傷の上にもう一方の手のひらをあてがった。

そうして、当たり前のことを思い出す。

聖女の力は、使えない。

そのことにはっと気づいて、気まずげにシャノンから離れた。

「……すみません。早く帰って手当てを」

リゼルカは俯《うつむ》いていた。

シャノンは、励まそうとするかのようにリゼルカの肩のあたりに手を伸ばしたけれど、結局その手はためらうように空中を彷徨《さまよ》い下ろされた。

＊＊＊

屋敷《やしき》に戻り、リゼルカはシャノンの手当てをしていた。半裸で床に座る彼の脇に寄り添い、傷を負った腕を取る。

もしこれがいつもの〝練習〟だったなら、彼の露出した肌や引き締まった体軀《たいく》をだいぶ意識してしまっただろうが、怪我人《けがにん》を前にしたリゼルカからはそんなことは完全に抜けている。傷口はぱっくり割れていて、生々しい赤い傷になっていた。

「すみません……私が街に出たいなんて言ったばかりに」

リゼルカを狙ったのならば、自分のせいで怪我をさせてしまった。それなのに、治すこともできない。もどかしさを覚える。

「え？　なんか落ち込んでる？　こんくらい大丈夫だよ。実際大丈夫だったんだし、街くらい出たいでしょ？」

「でも……」

シャノンは平然としているが、リゼルカは聖女の仕事で、このくらいの傷がどれくらいの痛みを伴うか身をもって知っている。自分が怪我をさせたことが、すぐに治せないことが、すべてが悔しかった。

「あのさ、君を保護するのは僕の仕事だから……そんなこと気にしないでいいんだよ」

シャノンの諭すような声になんとか落ち着こうとするが、リゼルカは魔物に狙われたのも初めてだった。いろんな感情が混ざり合い、興奮と混乱でなかなか冷静になれない。

「リゼルカ。覚えてる？」

「え？」

シャノンの唐突な言葉に顔を上げる。

「昔、こうやって君に手当てをしてもらったことが一度だけある」

「そう、でしたっけ……」

言われれば昔、そんなことが一度だけあった気がする。けれど、シャノンの怪我を見つけたリゼルカが一方的に手当てをして、ろくに話もしなかった記憶だ。

もし、魔力があれば、あの頃と同じような手当てなどしなくていいのに。あの頃とは変われたと思っていたのに。どうしてこうなってしまったのだろう。

リゼルカは魔力を失くしてから何度も繰り返していた思考から泥沼のように抜け出せなくなり、さっきからずっと、そんなことばかりぐるぐると考えている。

「私に魔力があれば今すぐに治すことができるのに……傷口から菌が入って悪化するおそれも……痕も残ってしまうかもしれません」

リゼルカは下唇をぎゅっと噛んだ。

「……悔しいです」

「……僕はあんまり君に聖女の治癒はされたくないからいいよ」

「なぜです？」

「僕は直接されたことはないけどさ……君に痛みを移してから消すんでしょ？」

「そうですが……」

「……なんか嫌だ」

「痛みを移すのはそこまで長い時間ではありませんよ」

「それでも、なんか嫌だ」

そんなことを言う患者はいなかったので、少し戸惑う。

「まぁ、だからさ、どっちにしろ僕は君に聖女の力は使われたくないから、気にしないでいいよ」

「でも……」

こんなときに使えないのは、本当に役に立たない。

シャノンが床に座ったまま、困ったように笑って言う。

「じゃあさぁ、名誉の負傷を負った僕に、ご褒美の抱擁を」

「あなたはこんなときに、何をふざけたことを……」

そう言ったあと、リゼルカの落ち込みを減らすための軽口だろうと気づいて口を噤《つぐ》んだ。

「いいじゃない。君の練習だよ」

シャノンがゆるく笑って言うその口調は、やっぱり優しく冗談めいていた。

「……はい」

リゼルカは返事をしてすぐにシャノンに抱きついた。

「わぁっ」

いまいち呼吸が合わず、シャノンがびっくりした声を上げ、後ろに肘をついた。

「なぜそこまで驚くんですか。あなたが練習をと……」

「いや、思ったよりためらいがなかったから……ていうか、絶対しないと思ってたし」

「……練習、ですから……」

ぎゅっと力を込めてすがりつくと、シャノンの匂いがした。抱きしめた体はどことなく硬直していて、抱き返そうとはしてこない。それを少し意外にも思う。

彼がどんな人なのか、どんどんわからなくなっていく。

リゼルカは彼のことをずっと、生まれた時から何ひとつ苦労をせずにすべてを手にしている不遜なお坊《ぼ》っちゃまだと思っていた。

しかしこうして一緒に生活して実際に見た彼の姿は、重い責任を当然のように背負い、上に立つ者として、常に頼られることを余儀なくされていた。

余裕なようでいて、時々感情に振りまわされてむくれたり、落ち込んだりもしている。

そして、その根底には優しさも感じられる。

今の彼は昔の彼とも違うし、聞いていた噂《うわさ》とも違う。

リゼルカの中に新しい感情が生まれる。

シャノン・フェイ・ユーストス。

この人は本当は一体どんな人なのだろう。

第四章　ダニエルと娘

その朝、リゼルカがシャノンと共に診療所に行くと、アガサが足に包帯を巻いて奥の椅子に座っていた。

困った顔をしているアガサに、シャノンが不思議そうな顔で言う。

「アガサも足を怪我した患者を庇おうとしたの？」

「……バケツにけつまずいただけだよ！　悪かったね！」

「いや、悪くないけど……大丈夫？」

「しばらくお休みしたほうがよくないですか？」

「いや、さすがにあたしがいないとまわらないから……なるべく座ったまま動きまわらずにやれることをするよ。今日はマチルダとグスタフも来てくれるし、午後からもう一人来てくれる……ギリギリまわるだろ。あとは往診だね」

フィンレイ診療所では、往診で決まった薬を届けることで対応することも稀《まれ》にあった。

アガサはシャノンのほうを見て、彼に説明するように言う。

「今はダニエルさんのとこだけなんだけど、最近発作が頻繁に起きてるから、あたしが毎日薬を届けにいってたんだよ」

「そうでしたね……」

ダニエルは砂咳《すなぜき》の患者で、頻繁に薬を必要としていた。

砂咳はフィンレイ地区にある鉱山の作業者に発症する病気だ。アグル鉱石と呼ばれる鉱石の粉が長期にわたって気管に入り込むことで気道が狭窄《きょうさく》し、強い苦しみを伴う発作が生じる。別の地域で採取される薬草を使った薬が発作止めとして使われているが、あくまで発作が緩和されるだけだ。現状、症状が落ち着く時期はあっても完治を望める方法はない。

発作止めの薬は傷みやすく、多めに渡しておくわけにもいかない。また、そこまでの数もないため、アガサが毎日様子を見にいって届けるようにしていた。

「十日もすりゃあ、ちゃんと歩けるようになると思うんだけどねぇ……家からここに来るだけでもしんどくて……」

「それならその間だけでも私が行きます」

「うーん……リゼちゃんが？　それもねぇ……近場だし、ほとんど薬を届けるだけだから、そう危険はないと思うけど、ほかの人に頼んだほうがよくないかね」

アガサがシャノンの顔色を窺《うかが》うように見る。確かに、なんとかアガサの力になりたい一心で言ってしまったが、狙われてるというのに、不用意な発言だった。

けれど、シャノンは意外にも頷《うなず》いてくれた。

「うーん……ダニエルのとこか……まぁ、あの距離なら散歩がてらでいいんじゃない？でも、絶対に護衛は連れていってね」

「え……わかりました」

護衛を連れて仕事に行くのはおかしいのではと思わなくもなかったが、彼らは彼らで仕事を遂行する義務がある。リゼルカとしてもせっかくの厚意を無駄にして攫《さら》われでもしたら申し訳ない。

「では、行ってきます」

「リゼちゃんありがとうね。助かるよ」

リゼルカは昼過ぎにカーターから薬を受け取り、巨体かつ屈強な騎士を一人、供に付けて診療所を出た。

天気はよく、ダニエルの家までの道はいい散歩道だった。

リゼルカは基本的にずっと屋内から屋内に移動して籠っているので、こうやって高く抜けた空の下を出歩くと気が晴れる。先日中心街に行って余計にそう思うようになった。屋内に籠っていると思考まで内向きになっていく気がする。

そう思った時、シャノンの言葉が思い出される。

――まぁ、あの距離なら散歩がてらでいいんじゃない？

シャノンはもちろん、困っているアガサや診療所のことを考え、その力になりたいというリゼルカの気持ちを汲《く》んでくれたのだと思うけれど、それだけではないかもしれない。

ダニエルの家は集落の外れにあるが、診療所からは予想以上に近く、本当にすぐに着いてしまった。扉を二回叩《たた》いてから、言われていた通りにそのまま開けて中に入った。

「こんにちは。フィンレイ診療所の者です」

室内は薄暗く、奥の部屋からは苦しげな咳《せき》の音が聞こえてきて、リゼルカは急ぎ足でそこに入った。

ダニエルは背を丸めて寝台に座っていたが、すでに発作を起こしていた。げっそりと痩せ細った体躯《たいく》に、髪も少し伸びていて、長く病と闘っている者の憔悴《しょうすい》が見て取れた。

「ダニエルさんですね。フィンレイ診療所の者です」

ダニエルはリゼルカには気づいたが喋《しゃべ》るのが辛《つら》いらしく、黙って何度か頷いてみせる。

リゼルカは急いで鞄《かばん》を開け、薬の入った瓶を取り出した。その間も苦しそうな咳と荒い呼吸音が聞こえていた。

「飲んでください」

ダニエルは薬を受け取ると、一息に飲んだ。

しばらく、その状態で動かなかったが、彼の呼吸音が徐々に落ち着いていく。

ダニエルは薬が効くとすぐに眠ってしまった。発作のせいで眠れていなかったようだ。

ほっと息を吐いた時、背後でことんと音がした。

振り向くと、ボロボロの兎《うさぎ》の縫いぐるみを抱えた六歳くらいの少女がリゼルカをじっと見ていた。

「聖女様だ」

「あなたは……」

「お姉さん、聖女様でしょう？　あたし知ってる！　前にパパと見にいったもの！」

リゼルカはほとんど表には出ないが、聖ヴァイオン教会が年に一度催す式典には看板の聖女として必ず出ていた。彼女は式典で儀式を執り行うリゼルカの姿を見たことがあったらしい。

「あたし、エリシャ。ねえ、お姉さんは聖女様なんでしょう？　パパのこと、治しにきてくれたの!?」

嬉《うれ》しそうに言うエリシャに、リゼルカは黙り込んだ。

「もうパパ治った？　苦しくならない？」

「……ごめんなさい。それは、できないの」

にこにこしていたエリシャの顔からすっと笑顔が消えた。

眠っている父親に身を寄せるようにして、口を尖《とが》らせて言う。

「……なんで？」

「今日は薬を届けにきたの」

「フィンレイ診療所の薬じゃ、パパの病気ちっとも治らないよ。でも、聖女様なら治せるでしょう？　光がぱぁーってするやつ、どうしてパパにはやってくれないの？」

「それは……」

「……やっぱり、パパにお金がないから？」

「そういうわけじゃ……」

「パパ、こんなに苦しそうにしてるのに……なんで治してくれないの⁉」

リゼルカは何も返すことができず、エリシャは怒った顔のまま睨《にら》みつけてくる。

「……砂咳は安静にしてれば、発作の頻度は下がります。そうすれば、完治は望めずとも生活に支障がない程度に発作を抑えることは可能です」

リゼルカは教会の患者はすべて治癒させてきたため、こんな言い訳じみたことを言うのは初めてだった。

「治らないよ……！」

「え？」

「パパ、いつも具合悪いわけじゃないんだよ。でも、ちょっとよくなるとすぐに無理してお仕事行っちゃうから」

「それは……」

エリシャは怒った顔をしていたが、どんどん顔を歪《ゆが》めていく。

「……わかってるよ！　あたしにご飯食べさせなきゃいけないから……あたしのせいで……パパは治らないって言うんでしょ？　で、でも、行かないでって言っても聞いてくれないんだもん……！」

叫ぶ彼女の姿がかつての自分と重なる。

ハドリーのこと。

リゼルカの脳裏にかつて彼と暮らしていた小さな家が浮かんだ。

彼が亡くなった寒い夜のことが思い出される。

薄暗い部屋はいつも空気が籠っていた。感染《うつ》る可能性があるから入ってくるなと言われて、リゼルカは中に入れなかった。

だからリゼルカはハドリーのいる部屋の扉の前で座り込み、震えて泣いていた。

時折、部屋から苦しがる声が聞こえる。

その声が今にも聞こえなくなるのではないかと、リゼルカはハラハラしながら耳をすませていた。

ハドリーの苦しむ声を聞くとお腹《なか》のあたりがぎゅっと重くなるのに、それがまだなくならないことにホッとしている。それに罪悪感も感じている。

どうにかしたいけれど、医者に診てもらうお金なんてない。

ハドリーが死んでしまったらどうしよう。

それは、考えただけで恐怖でしかなかった。

どうしたらいいのかわからなくて、ずっと焦っていて、怖くて、悲しかった。

リゼルカはずっと、そこで声を押し殺して泣いていた。頭の中にはずっと、同じ言葉がまわっている。


助けて。お願い。誰か助けて。


結局その晩にハドリーが息を引き取るまで、リゼルカは一人でその願いを唱え続けた。

そうだ。リゼルカはあの時、誰かに助けてほしかった。誰もいなくて、心細くて、自分が役立たずなのが辛かった。

顔を上げると、エリシャはくしゃくしゃにした顔で、涙をこらえていた。

リゼルカは魔力を戻さなければならない。そしてその方法があるのに、自分の我儘《わがまま》からそれを拒んでいた。診療所での仕事に、魔力を使った治癒の代替えのような満足感を抱いて、自分をごまかしていたのかもしれない。

ぼんやりと思う。

この子を助けられないのなら、自分はなぜここにいるのだろう。

リゼルカは聖女だ。聖女でないリゼルカに価値はない。その力で人を助けられなければ、存在する意味なんてないのに。

頭の中に誰かの声が響く。

それは幼いリゼルカの声だった。


「役立たず」

＊＊＊

その晩、リゼルカは帰宅するなり、シャノンの腕を引いて寝台のある部屋の扉を開けた。

中に入ると、ぱたんと扉を閉じる。

「すごい勢いだけど……なに、なんかあった？」

「覚悟ができました」

「えっ？」

リゼルカは寝台の前で、着ていた丸襟のシャツのボタンに指をかけた。

「……何をしようとしてんの」

シャノンがびっくりした顔で聞いてくる。

「今すぐ、私と契りを交わしてください」

「何かあったの？　いや絶対あったよね」

「やっぱり私は、聖女でないと価値がないんです」

「うわ、それ絶対駄目な理由……」

シャノンが片手で顔を覆ってつぶやいている間も、リゼルカは無言でボタンをぷつぷつと外している。

「うわっ、何してんの！　いくら鋼の理性の持ち主の僕でも、さすがに脱がれるとマズいから……！　リゼルカ、落ち着いて、正気に戻って……」

「駄目なんです！　魔力がなければ……あの子を救ってあげられない！」

「わかった。わかったからとりあえず脱ぐのやめよう？」

「わかってません！　脱ぎます」

「着て！」

「脱ぎます！」

止めようとしたシャノンがリゼルカの手首を掴《つか》み、バランスを崩したリゼルカは寝台に尻をつく。そのまま、二人とも寝台に倒れた。

シャノンと軽い揉《も》み合《あ》いになった。寝台がキシキシとたわむ。

「きゃ、は、離してくださ……脱げな……」

「だ、駄目だってば……！」

しばらくして、二人とも無言で荒い息を吐き、硬直していた。

リゼルカのシャツのボタンは半分以上開き、はだけて右肩が露出していた。リゼルカがこれ以上脱がないように、シャノンは彼女の両腕を寝台に縫い付けるように押さえている。

「いい加減にしなよ。確かに聖女でないとできないこともある。でもそれがすべてじゃない。君は診療所でそれを知ったはずだろ。それとも君は教会の聖女たちと比べて彼らに価値がないと言うのか？」

「あ……」

リゼルカは唇をぐっと引き結び、泣きそうな顔で首を横に振る。

「わ、わかってるんです……診療所の方たちが、懸命に治療をしていることも。けれど……ならばなおさら、私には、治せるはずの力があるのに……」

「……君さ、さっきから人のことばっかり言ってるけど、少しは自分のことも考えなよ。君は誰かを治癒させる道具じゃなく、一人の人間だ。誰かのために自分を犠牲にしてまで意に染まない行為をする必要はないだろ。そんなのは……贄《にえ》だ。人道に悖《もと》る」

そう言って、シャノンはようやくリゼルカの拘束を解き、距離を取った。

リゼルカは俯《うつむ》いたままこぼす。

「それでも……魔力を戻す方法があるのに足踏みしてるのは、私の我儘でしかありません」

「そんな当然のこと、我儘とはいわないだろ」

「いえ、我儘でなければ、贅沢《ぜいたく》です。そもそも……あなたからしたら、理解できない感覚でしょう？」

シャノンに限らずだが、もっと簡単に他人とそれをしている人もいる。そうでなくとも、家が決めた、顔も知らなかった相手と結婚をして子をもうける人たちだって沢山いるのだ。一度だけそれをすれば魔力が戻せるというのに、馬鹿みたいなこだわりを抱えている。

「誰もが理解できるような苦しみもあるけどさ……何にこだわりを持って、何に苦痛を感じるかなんて人それぞれだろ」

シャノンは溜息《ためいき》混じりに言う。

しばらく、リゼルカは俯いたままだった。

顔を上げてシャノンを見ると、彼もまた、片膝を抱えた状態で俯いていた。顔を上げたシャノンが言う。

「あとさ……」

「……はい」

「誤解しているようだから正すけど……僕の女性経験はゼロだ」

「そうですよね…………………え？」

＊＊＊

シャノン・フェイ・ユーストスはその類稀《たぐいまれ》な美貌と王聖魔法士の肩書で昔から女性に声をかけられ、可愛《かわい》がられることが多かった。

幼い頃はただ可愛い可愛いと寵愛《ちょうあい》されていたが、体の成長と共に、それとも違った秋波を寄せられるようになった。

十四歳の時だった。シャノンはようやく自分の意思下での魔法の使用を許可され、それを操ることに夢中だった。そんな時に一回り年上の女性に「面白い魔法具を見せてあげる」と誘われてついていったら、扉を閉められ、気づいたときにはのっぴきならない状況になっていた。

そこで素直に本懐を遂げていたならば、シャノンは後々こんなふうにはなっていなかっただろう。

けれど、突然のことに焦ってしまった若い魔法士は、とっさに魔法で幻覚を見せてそこから逃げ出してしまった。

その女性は『すごかった』と言いふらした。

その感想に彼はおののいた。そりゃあ彼女自身の願望が見せた幻覚なんだからすごいに決まっている。そしてその後、シャノンのところには『すごい』を体験したい一部の女性が詰めかけるようになった。ほとんどは暇な歳上《としうえ》の貴族だ。長く続く平和な時代に貴族たちの風紀は乱れていて、若者の間では慎み深さよりも奔放さを格好いいとみなす風潮すらあった。

その時に寄ってくる一人一人を相手にしていれば、後々の彼は違っていたかもしれない。けれど、見栄《みえ》っ張《ぱ》りなシャノン少年にはできるはずがなかった。

幻覚で見せた体験が言いふらされているのだ。もし失敗したとしたらもっと派手に噂《うわさ》になるだろう。そんな輩《やから》と関係を持てるはずがない。

何しろ向こうは『すごい』のを期待している。しかし現実には未経験の十四歳の少年に満足させられるわけがないのだ。だからその後はそんな気配を感じると丁重にお断りすることにした。彼は見栄っ張りなだけでなく、用心深く、小心者でもあったのだ。

しかしそれでもなぜか、シャノンの架空の経験人数は増えた。おそらく、女性同士の順列や牽制《けんせい》に関わる部分で、断られたことを隠したい女性たちが嘘《うそ》を言ったのだろう。

けれど、シャノンはわざわざ噂を否定して自分が未経験であると宣言する必要性はまったく感じなかった。

王都周辺では、未経験の男子は北方の洞窟に住み、一生ほかの生物とまみえないと言われている妖精の名前になぞらえられ『デジ・デジ』といわれる。

そんな言葉が流布していることからもわかるように、特に早熟な人間の多い王都貴族周辺では、未経験であるということは、とても馬鹿にされることだった。身近で『デジ・デジは人にあらず』といった風潮で馬鹿にされている男性を何人も見てきている。

当時、見栄っ張りなシャノン少年は本当はデジ・デジであることを知られたくないがために、あたかも経験者のように振る舞うことで自ら噂を後押ししてしまっていた。ごく稀に同年代の少年同士が揃《そろ》う場があり、そんな話題になったときも適当にそれっぽく話し、話がうまかったために畏敬の念すら受けていた。

性にただれた少年の評判は彼の美麗な見た目も影響して、冗談のように大きく育っていく。

あまりに噂が大きくなっていくものだから、親にも呼び出され、家庭教師連中にも釘《くぎ》を刺された。周囲の大人たちはしてもいないことに対して白い目で戒めを唱えてくる。

さすがにことが大きくなった気がして撤回しようとしたけれど、その時にはもう遅かった。彼が何を言おうが、誰も信じなかった。

シャノンはそういった経緯を、順を追ってぽつぽつとリゼルカに話した。

リゼルカは話の間中ずっと、小さく目と口を開け、黙りこくって聞いていた。

目の前の人の印象が急激に変わりすぎて、その感覚についていけてない。

シャノンは話し終えると片方の手のひらで顔を押さえ、石像のように動かなくなった。

部屋の中は重い沈黙で満たされていた。

「……もう駄目だ……今日は寝る……」

ようやく動いたかと思ったシャノンはうつろな目でそう言うと、寝台にもぐりこむ。

リゼルカはそれでもしばらく呆然《ぼうぜん》としていたが、ふと我に返り、部屋から出ていった。

＊＊＊

翌朝になってリゼルカが部屋を出ると、シャノンはすでに食事室にいた。

「あぁ、リゼルカ、もう起きた？　じゃあ行く？」

あくびまじりに言うシャノンは思いのほか普通だった。というか、見るからに寝ぼけている。

「少し、話をしてもいいですか」

「うん、いーよ……」

「昨日、あなたと話してから、言われたことをずっと考えていたんですが……」

「昨日、僕……なんか言ったっけ……」

まるで記憶喪失のようなふわっとした顔で言ったシャノンは数秒思考していた。

「あの、昨日……」

リゼルカが言いかけた時、ガンッと激しい音がして、見るとシャノンがテーブルに己の頭を打ち付けていた。

「シャノン……？」

続けてもう一発、ガンッと音がして、木製のテーブルが振動で揺れる。なんのことかわからないが、小さい声でデジデジ呟《つぶや》いている。

「昨日の……女性関係のお話は、びっくりしたんですけど……その、私は、あなたをすごく身近に感じました」

「へ？」

シャノンの告白は意外なものだったが、彼が自分と変わらない価値観で考えたり悩んだりする人間だと思えるものだった。だからこそ彼の言葉はリゼルカにきちんと届くようになった。それにリゼルカの、契りを交わすことに対して持つ迷いがおかしくないと、きちんと肯定してもらえた気がした。

「あの、少し落ち着いて聞いてくれますか」

「……うん」

シャノンは頷《うなず》いて居住いを正した。リゼルカはその正面に座る。そうして、ゆっくり息を吐いてから話し出した。

「私は……思い返すとずっと、自分の価値を得るためだけに、仕事をしていた気がするんです」

リゼルカはいつからか、そこにいてもいい理由を作るために、自分の価値を上げるために仕事をしていた。そんなのは、出世欲と変わらないものだ。

「きっと、自分の魔力に驕《おご》っていたんです。私にはたまたま聖女の力があって、それを高めることができただけで、本来、魔力があるのは当たり前のことではなくて……診療所の人たちはみんな、そんなものなくても自分にできることを懸命にやっていて、教会にいた聖女たちだって、たとえ力が弱くても、その人にできる限りのことをやっていました。あなたの言う通り、それを責めることなんて……したくない」

「……うん」

「だから私も、力をなくした自分を責めるのをやめることにしました」

そう言って笑うリゼルカの顔には諦めも卑屈さもない。

「私はもし、この先ずっと魔力が戻らなくとも、自分にできるかぎりのことをやっていきたい……それで……」

リゼルカはやわらかに笑った。

「そう思えたのは……あなたのおかげです」

「え？」

シャノンは少しだけ目を見開き、きょとんとしている。

「……私、ずっとあなたを誤解していました」

リゼルカは俯《うつむ》きがちに、けれどしっかりとした声で言う。

「噂を鵜呑《うの》みにして……あなたのこと、役目を負わされているのにもかかわらず女性と遊び歩いている不真面目な人だと思っていたんです。でも、実際のあなたは、与えられた自分の役割以上のものを考えて、自分で道を作っていっている。私も……聖女の役割にこだわることなく、そんなふうに自分のやりたいことや、できることが見つけられるんじゃないかって……あなたのようにできるんじゃないかって、昨日ようやくそう思えたんです」

「うん。君は聖女でなくても、できることが沢山ある人間だよ」

「……はい」

「じゃあ、練習はもうやめる？」

「いえ」

リゼルカは俯いたまま首を横に振った。

「それも、私にできることのひとつとして、諦めたくないです」

魔力が戻ればより多くの人を救えるのは事実だ。無理に自分を犠牲にするのではなく、前向きに頑張れることのひとつとして、魔力を戻そうとすることも諦めたくない。

「もちろん、一人ではできないことなので……あ、あなたさえよければですが」

だいぶ緊張しながら言ったが、シャノンはすんなり頷いてくれた。

「君って変なとこ心配するよね……僕は君が無理をしてないならいいよ」

リゼルカが魔力を戻すことにこだわるのに対して、シャノンはずっとどこか呆《あき》れたような態度だった。きっと彼は最初に言ったように、リゼルカが本心では嫌な行為を無理にしようとしていたのがわかっていたのだろう。

「私……あなたのことを、もっと知りたいです」

「……僕を？」

「はい。あなたのことを知れば、きっとなりたい自分も見えてくると思うんです。その……」

「うん？」

「あなたはきっと……私の理想の姿だから……」

「…………」

シャノンはびっくりした顔で固まったあと、赤くなった顔を隠すように腕に顔を埋めた。

しばらくして、目だけ覗《のぞ》かせて言う。

「じゃあさあ……君も隠さずに見せてよ」

「え？」

ぼそぼそとつぶやくシャノンの声を拾おうと、小さく身を乗り出す。

「君は、昔から馬鹿みたいに真面目で、すぐ他人のことに懸命になるくせに、いつも心に壁があって、人に助ける隙を与えない……」

「それは……」

胸の奥を覗き込むようなシャノンの言葉にドキリとした。

「僕だって……もっとちゃんと君のことが知りたいし、力になりたいと思ってるんだよ」

シャノンは顔を上げて、今度ははっきりと言った。

「だから、君もちゃんと僕に見せて」

リゼルカはしばらくシャノンの言葉を頭の中で反芻《はんすう》する。そうして、胸の中に温かい気持ちが広がり、素直に頷いた。

「はい。頑張ります」

その顔はすっきりとした前向きなもので、昨日までずっと陰に潜んでいた暗さを感じさせないものだった。

＊＊＊

シャノンとの話を終えたリゼルカはその日も診療所に行き、午後には薬を持ってダニエルの家を訪ねた。

をしていた。
昨日はひどい発作を起こしていたので心配していたが、ダニエルは元気に部屋の片付け

「ああ、こんにちは」

「具合はいかがですか」

「おかげさまであれから発作は出てませんし、だいぶ落ち着いた気がします。ご面倒をおかけして……」

「いえ、それならなによりです。無理はなさらないでくださいね」

そう言ってからリゼルカはあたりを見まわす。

「どうかしましたか？」

「あ、いえ……」

エリシャの姿は見当たらなかった。リゼルカは今日の分の薬をダニエルに渡し、扉を出た。

護衛騎士に仕事がすんだことを伝えて歩き出した時、背後でかたんと音がしたので振り向く。

エリシャが建物の脇に置いてある大きな木箱の陰からリゼルカをじっと見ていた。しかし、そちらを見るとまた、ぱっと隠れてしまった。

リゼルカは彼女の近くに行って、木箱越しに声をかけた。

「エリシャ、ちょっとお話ししてもいいかしら」

しばらく反応がなかったが、やがて、エリシャはそっと顔を覗かせてこくりと頷く。

リゼルカは静かに息を吸って、ゆっくりと吐いてから口を開いた。

「ごめんなさい。あなたのお父さまの病気を治してあげたいけど、今の私には、薬を届けるのが精いっぱいなの……」

エリシャは木箱の陰に隠れたまま、小さな声だけを返してきた。

「薬……ちゃんと治らないよ」

「でも、カーターの作る薬は辛《つら》い発作を止めてくれる。よく効くように作ってくれてるでしょう？　それだけでも、すごいことなのよ」

「……聖女様の力は？」

「今、なくなってしまったの。でも、戻すために頑張ってる。戻すことができたら、あなたのお父さまを絶対に治すと約束するわ。だから、それまで、頑張れる？」

リゼルカはそっとエリシャの目の前まで行ってしゃがみこむ。

エリシャはじっと、口を引き結んだ顔で首を横に振った。

その顔に、またあの日の自分が重なった。リゼルカにはきっと、エリシャの気持ちが誰よりもわかる。

「ううん、あなたも十分頑張ってるのよね……」

今、リゼルカには聖女の力はないけれど、あのとき誰かに言ってほしかった言葉を彼女にあげることはできる。

リゼルカはエリシャをふわりと抱きしめ、髪をそっと撫《な》でた。

そうして、ゆっくりと言葉を紡ぐ。

「大丈夫、一人じゃないわ。私たちがついてる」

「う……」

「一緒に、お父さまがよくなるように、頑張るからね」

「うぅ……」

ずっと泣きそうになりながらも泣かなかったエリシャの目から涙がぽろりとこぼれた。

「うわぁあああん」

エリシャはリゼルカにすがりついて、わんわん泣いた。

気がつくと、エリシャの泣き声を聞きつけたダニエルが出てきていて、困惑した顔で立っていた。

リゼルカは診療所に戻るとアガサに、エリシャと話したことを伝えた。

「あの子……あたしが行ったときはいつも隠れてたんだよ……本当は不安だったんだろうね。ちゃんと話しかけてあげりゃよかったかねぇ……」

「いえ、私にも似た経験があるのでわかるんですが……アガサがいつも来てくれるのは、それだけですごく心強かったと思います」

俯いて言って、数秒反応がなかったので顔を上げると、アガサはリゼルカを黙ってじっと見ていた。

「……どうかしましたか？」

「いや、リゼちゃん、なんだか少し大人になったねえ」

そう言って肩をぽんと叩《たた》いてくる。

「そう……ですか？」

「うんうん。ここに初めて来た時は、なんだか頑《かたく》ななわりにどっか自信なさげだったけど……今の顔はすごくしっかりしているよ」

アガサの言葉に、リゼルカは微笑む。

「ありがとうございます……シャノンや、アガサや、ここのみなさんのおかげです」

アガサは涙脆《もろ》いのか、そっと目尻をぬぐって、急いで仕事に戻っていった。

ずっと同じ場所をぐるぐるとまわっているような不安な気持ちをやっとふっきれたリゼルカは、自分なりのやり方でなんとか未来を向こうとしていた。

第五章　感情の発露

ダニエルのところへの往診も五日目となっていた。

リゼルカの行った初日にひどい発作を起こしていたダニエルだったが、最近は少し持ち直してきているようで、訪ねた時に寝込んでいるようなこともなかった。

リゼルカは薬を置いて、エリシャとも少し話をしてからダニエルの家を出た。エリシャもリゼルカの顔を見ると嬉《うれ》しそうに話しかけてくれるようになった。

エリシャだけでなく、初日はろくに会話をしていなかった供の護衛騎士とも軽い世間話をできるようになっていた。それは心に余裕ができてきたからだ。

リゼルカはそういった自らの細かな変化をはっきりと自覚していた。今の自分は前を向いて、魔力にとらわれず、自分にできることをやれている。そんな実感があった。

診療所に戻り、夢中になって働いていると余計なことを考える暇もなかった。

気がつくと、だいぶ遅くなっていた。リゼルカが帰宅する時にはいつもシャノンが迎えにくるので、彼が来ないとなかなか時間に気づけない。

「今日はシャノン様、遅いねえ……？」

アガサも診療所を閉める準備をしながら気づいたようにそう言った。

「もうこっちは大丈夫だけど……あ、魔法陣は一人だと帰れないんだっけ？」

「いえ……」

実際は借りている魔眼石のネックレスがあるので、一人で帰れないこともない。

けれど、なんとなく彼が来るのを待ってしまっていた。

ここのところのシャノンは忙しさが増しているようで、日中は毎日どこかへ出かけていたし、帰ってから夕食のあとすぐにまた出かけていくことも頻繁だった。

それでも彼は、必ず朝には家に戻ってきてリゼルカと診療所に行き、夕方には診療所に迎えにきて、食事はリゼルカと一緒に取っていた。

約束しているわけではない。それでもシャノンは帰宅前に必ずここに寄るだろうし、先に一人で帰る気にはなれなかった。

「えー！　そうなんですかぁ！」

魔法陣のある貯蔵庫を見にいこうとすると、診療所の玄関ホールに十七、八歳くらいの少女がいて、楽しそうな声を上げていた。そばかすの浮いた顔はあどけなく可愛《かわい》らしい。

そして、その正面にいる人は、後ろ姿しか見えなかったが、シャノンだった。

いつからいたのだろうか。そこまで長い時間とは思えないが、しばらくはここで彼女に捕まっていたのだろう。

シャノンがいるという噂《うわさ》を聞きつけ、見にくる人間は今までもいた。シャノンは身分を気にせず気さくに話してくれるから、彼らは少し話せば満足して帰っていく。これまでも、数回は目にしていた光景だった。

少女は興奮した様子で、瞳を輝かせて口を開く。

「あの、もしよろしければ……握手をしていただけませんか」

「うん、いいよ」

いずれは国を統べるシャノンにとって、国民に対する政治的宣伝活動のようなものだ。男性に請われても同じようにしただろう。リゼルカはそう思って見ていた。

けれど、シャノンが手を伸ばそうとした時、リゼルカの足は勝手に前に出て、彼の腕をふわりと押さえるように触れていた。

「シャノン、時間が遅いです。もう帰りましょう」

「え？　あ、うん。帰るけど」

シャノンがびっくりした顔でリゼルカを見る。リゼルカは取った腕に捕まるようにきゅっと絡めた。

奥にいたアガサが出てきて大声で叫ぶ。

「はーいはいはい！　今日はもう閉めるよ！　全員帰った帰った！」

なぜか片手鍋とおたまを手に近くにきて、ガンガンと鳴らす。少女は残念そうに帰っていった。

「シャノン様、忙しいとこ悪いね……玄関じゃなきゃもう少し早く助けてやれたんだけど……」

「慣れてるし気にしてないよ。あの子には王城のこととか、中心街のこととか聞かれて……都会に憧れがあるみたいだった」

「まぁ、こんな田舎にいると、若いうちは特にそうだろうねぇ……」

二人の会話を聞きながら、リゼルカは自分の頬が熱くなっていくのを感じていた。

このあたりに住む人間は普通にしていると王聖魔法士を見ることは一生ない。純粋に憧れがあったのだろうに、妙な邪魔をしてしまった自分に嫌悪感が湧いた。

ふと気づくと、シャノンが物言いたげにこちらを見ていた。

なんだろうと思って、自分がまだ彼の腕にしっかりと捕まっていることに気づく。ぱっと離れた。

「あ……その……すみません……今日は少し、遅かったので……その……」

うまく言葉が出てこない。重大な罪をおかしてしまったかのように慌てているリゼルカを見て、シャノンは小さく首をかしげた。

「遅くなってごめん。帰ろ」

「……はい」

リゼルカは自分の変化をきちんと自覚しているつもりだったけれど、自分でもつかみきれていないような変化も一部にあった。シャノンに対しての感情がそれだ。

なぜ、あんなことをしてしまったのだろう。

リゼルカは後ろめたい気持ちで自分に対する言い訳を懸命に探した。


夕食後、シャノンは「地下にいるから」と言い残して階段に向かっていった。

ここのところ食後にすぐ外に出ていくことも多かったが、少なくとも今晩はここにいるようだ。それを嬉しく思ってしまう。

リゼルカは片付けをしたあと、どこかぼんやりとしたまま地下室の入口に行った。

そっと覗《のぞ》くと、シャノンは椅子に座ってナイフを手に、太い木の枝をざくざくと削っていた。

「何をしてるんですか？」

真顔で木を削っていたシャノンはリゼルカに気づくと手を止めて微笑む。

「これは杖《つえ》を作っているんだよ」

「すごく沢山持ってますよね……」

「うん。杖はいろんな補助的機能を持っているんだ。杖があれば魔力量を調節できるし、宝石の種類で火や風や、土、水、出力されるエネルギーの属性を変えることもできる。木のほうも、火を出すのに適した枝や、水と相性のいい枝もあるから……宝石と木の組み合わせ方も重要になってくる」

シャノンはこういった魔法に関わる話をするとき、少年のように無邪気な顔になる。それが微笑《ほほえ》ましくて小さく笑みがこぼれた。

「それで沢山必要なんですね」

「うん、それもあるんだけどさ、なんか僕が使うとどれもこれもすぐ壊れちゃうんだよね……枝はともかく、宝石を使い過ぎってよく怒られてるよ」

シャノンらしい言葉にリゼルカはまた笑った。

「杖だと魔眼石を使ったものも面白いよ。魔眼石そのものには魔力はないけど、外からの魔力を吸収も排出もできるから……たとえば、魔法士が火の魔法を込めた魔眼石の杖があれば、魔力のない者でも小さな炎を出すことができる」

「便利ですね」

「いや、そういう杖は一、二回使えば中の魔力が尽きちゃうから実用向きじゃない。だいたいは、好事家《こうずか》の集める玩具みたいなものだよ」

そこまで言って、シャノンは思い出したように表情を曇らせる。

「ただ、裏では人を眠らせる杖、雷撃する杖だとか、基準を超えた剣呑《けんのん》なものも出まわってる。大概は国から魔法士の資格を剝奪されたか、あるいは国が関知していない野良の魔術師が金で請け負って作ってるんだけど……これはかなり禁忌なことだから、魔力を込めた魔術師も、その杖を買った者も、見つかればきっつい処分を受ける」

「それもあなたの仕事ですか？」

「いや、これは国全体の問題だから僕だけでやってるわけじゃないけどね……それより何か用だった？」

「あ……練習を……お願いします」

顔を見にきたのはほとんど無意識で、だからそれはとっさに出てきた言葉だった。けれど、前はそんなこと思わなかったのに、今はなんだか、触れ合いをねだっているように聞こえるんじゃないかと思えてしまって恥ずかしくなる。

「あ、ここのところ僕が忙しくて練習できなかったもんね……」

シャノンは立ち上がって「じゃあ、はい」と言って両手を広げてみせる。

それを見たら胸の内にあったもやもやした恥じらいが霧散して、代わりに温かいものが広がった。リゼルカは素直な気持ちで彼の胸に飛び込んだ。

硬い体にある、温かい体温をぎゅっと抱きしめる。

ふと、シャノンが硬直していることに気づき、びっくりして顔を上げる。

「あの……もしかして困ってます？」

「困ってないけど……思ってた以上にためらいがなくて、びっくりしただけ」

「あの、私……最近知ったんですが」

「うん？」

「好きみたいなんです」

「……………え？」

シャノンが再びかちりと硬直した。

「ハドリーは私にとってすごく良い養父でしたけど、彼はもともと子どもが苦手なのもあって、少し離れたところから見守るような人だったんです。だから抱きしめるようなことはしなくて。私も……遠慮してて……」

リゼルカは記憶にある分では、遠慮なく誰かを抱きしめたり、抱きしめられたりした経験がなかった。誰かに身を寄せるというそれは、とても心地よい安らぎがある。このまま、離れたくないような気持ちが湧いてくる。

「だからその……抱擁が……好き……みたいで」

言いながら恥ずかしくなって声が震えていく。

シャノンは拍子抜けした声を出した。

「ああ、そういう……」

「はい……」

シャノンはそれからしばらく沈黙していたが、ふいに彼の体の力が抜けるのを感じた。

「……わかった。じゃあ、今日はこのままで……」

「……はい」

リゼルカはほっとして、甘えたように身を擦《こす》り付ける。

シャノンは、はぁ、と小さく息を吐いてから、リゼルカをぎゅっと抱きしめ、髪に顔を埋めてきた。

まるで、恋人同士のようだと錯覚しそうになる。幸福感に満たされて、頭がくらくらしてくる。

けれど、幸福感の最中にふっと過った。

これは魔力を戻すためにしている、練習でしかない。

リゼルカはそう思って、急に怖くなった。

＊＊＊

「リゼちゃん、何かあったかい？」

仕事の合間に窓から外を見ていると、アガサに声をかけられてびっくりする。

「え？　特に何もありませんが……」

「そうかい？　ここのところ、なんだかぼうっとしてることが多いから」

「すみません……」

「あ、いやいや、そういう意味じゃないよ？　リゼちゃんは患者さんの名前も症状も、薬の種類もどんどん覚えてくれて、対応も早いし、とにかく熱心だし、本当に助かってる」

「…………」

「ぼうっとしてるのは今みたいに合間だけで……仕事に支障がないからあたしのただのお節介なんだけどさ、何か悩みごとでもあるのかと思ってね」

「あ……はい」

　アガサは心配してくれていたのだ。心苦しいけれど、素直に嬉《うれ》しい気持ちも湧いた。

「……これから先の自分のことについて……考えてはいます」

「教会に戻るかってこと？」

「もちろんそれもですが……どちらにしても、自分が何をするべきか、何ができるかもまだきちんと見えてなくて……」

　自分の行く末について、ずっと考えてはいたけれど、結局答えは出ていなかった。

「事情があるんだろうからそうもいかないかもしれないけど……うちはリゼちゃんがいてくれて助かってるから、好きなだけいてね」

「ありがとう……アガサ」

そう言った時に患者が来て、二人はすぐに顔を見合わせて立ち上がった。

リゼルカがアガサに言った言葉はもちろん真実だ。けれど、正直に言っていない部分もあって、後ろめたい気持ちがあった。

考えているのは自分のことだけじゃない。ふとしたときにシャノンのことを心に浮かべている時があった。

抱きしめたときの硬い体の感触や体温も、抱き寄せられたときかすかに鼻をくすぐる彼の匂いも。頻繁に思い出してしまう。シャノンが迎えにくる夕方には、そわそわと浮き足立った気持ちになっていた。そんな自分に気づくたびに、慌てて打ち消している。

夕食を終えるとシャノンはすぐに地下へと行ってしまった。少したためらったが、彼はリゼルカが追いかけて地下室を訪ねても嫌な顔をしたことは一度もない。また、ふらふらと姿を覗きにいった。

シャノンは紙に魔法陣のようなものを描き付けていたが、リゼルカの気配に気づいて顔を上げた。

「リゼルカ、ちょうどよかった……今魔法式ができたから、君に細工をしておきたいんだけど」

「細工……ですか？」

「言い方が違うかな？　背中に魔法式を刻みたいんだ。痛くはないよ。痕も残らない」

そう言いながらもシャノンはどこか申し訳なさそうな顔をしている。

「痛みには強いので大丈夫ですよ」

「痛いほうが君には抵抗がないだろうけど……」

「え？」

「上だけでいいから、脱いでもらいたいんだ。もちろん背中以外は隠してくれて構わない」

「脱ぐ。服を……ですか？」

リゼルカは言いながらだんだんと赤くなった。

「本当はもう少し前にやっときたかったんだけど、まず無理そうだったし……君の練習も兼ねて、どう？」

確かに、少し前のリゼルカには到底無理だったろう。

シャノンを見る。困った顔をしていた。その目に邪《よこしま》なものは感じられない。

直感的に思う。これはきっと、リゼルカにとっての治療と同じなのだ。そう感じて腹を括《くく》る。シャノンの言う通り、いい練習にもなるかもしれない。

「わかりました」

そう答えると、シャノンは頷《うなず》き、すぐに背を向ける。

リゼルカは着ていた丸襟のシャツのボタンに手をかけた。

しかし、いざ脱ごうとすると、手がうまく動かない。シャノンがすぐ近くにいる。その空間で脱ぐことを意識してしまっている。手が震えてボタンが外せない。そのまま、固まってしまった。

いつまで経《た》っても妙に静かなリゼルカを振り返って見たシャノンが、きょとんとした顔で言う。

「あれ？　この間は……脱ぐなっていっても脱ごうとしてたのに……」

「い、言わないでください……」

「僕、部屋出てる？」

「いえ、ちょっと、ボタンだけ手伝ってもらってもいいですか？」

「……は？」

シャノンが唖然《あぜん》とした顔でリゼルカの顔を見た。

「こ、このままだと脱げそうにないんで……」

「あぁもう……わかったよ」

シャノンがリゼルカの目の前で軽く屈《かが》む。手を伸ばし、ボタンに指をかける。

見なければいいのに、しなやかな長い指が自分のシャツのボタンを外すのを凝視してしまう。

ぷつん……ぷつん。

シャノンがゆっくりとボタンを外していく。

ぞくぞくした。

俯《うつむ》いた彼の髪が顎に触れる。気配が近すぎる。

ボタンが全部外れると、シャノンが無言で再び背を向けた。急いで衣服を脱いで胸に抱え込む。

「準備できました」

「ん、ごめん。すぐすますから」

ほどなくしてシャノンの指が裸の背に触れた。

指先はゆっくりとリゼルカの皮膚の上をなぞって模様を描いていく。

文字を書くような動きもしていたが、リゼルカの知っている文字ではなさそうだった。

触れられた場所はほんの少し熱い気もするが、言っていた通り、痛みはまるでない。だから余計に指がたどる感触は優しく感じられて、いたたまれなくなる。

「ん……」

シャノンの指から伝わる魔力に、リゼルカの消えたはずの魔力の火種が小さく反応している気がする。

びくりと反応してしまうことに羞恥を感じる。あまり注意がいかないように努めたのに、背中に神経が集中してしまい、頭が真っ白になっていく。

「……っ、シャノン」

「何？」

「何か……しゃべっていてくれませんか？」

「……君がそう言うなら。何がいいかな？」

「なんでも……いいです」

「うん。これはティノワ・ピアフっていう魔法士が作った〝ティノワ・コード〟っていう比較的知名度の低い魔法式で、魔力で紋を刻むことによって別の魔力からの攻撃を弾く効果が期待される……」

しゃべってもらったが、思ったより緊張はほどけず、言葉は頭に入ってこなかった。

「それなら……う、ん」

また、指の動きが気になって、何を言おうとしていたか、忘れてしまった。

「本当は全身にやっときたいんだけど……それはまぁ、無理だろうから……はい、終わり。早く服着て」

シャノンの気配がふっと離れた。見ると、少し離れたところで背を向けている。リゼルカは慌てて胸に抱えこんでいた衣服に腕を通した。

もたもたと着ているとシャノンが珍しく焦《じ》れた声を出す。

「まだ……？」

「え？　ま、まだです。あと、ボタンだけ……」

「ボタンだけ？　ちょっとかして」

シャノンはリゼルカの前に来ると、脱がした時より手早くボタンを留めていった。

「これも……狙われたときのためなんですよね？」

「うん、まぁ……おまじない程度のものだし、そうならないように保護してるから、念のためだけど……できることはやっておこうかなって」

シャノンは忙しそうだ。ほかにも仕事があるのに、また余計な仕事を増やしてしまっている。

「あの、契りを交わして私の魔力が戻れば、もう贄《にえ》にすることはできないんですよね」

「それはまぁ、そうかもだけど……あんなの爺《じい》さんがものすごい昔の前例から引っ張り出した特殊な方法だから、無理しなくても……」

「私、無理はしてないです。焦ってもなくて。でも、もう少し頑張りたいんです。もちろん、あなたが嫌じゃなければ」

「嫌なわけないよ」

「それなら……次はもう少しだけ、先まで……お願いできますか」

「……っ、うん」

ささやき声で言って顔を見上げると、シャノンは片手で顔を隠して、こくりと頷いた。

＊＊＊

リゼルカはここのところ、頻繁にシャノンと練習をしていた。

リゼルカは焦ってできもしないことをしようとするのはやめた。シャノンも急《せ》かしたりしない。だからそのささやかな触れ合いは日々、ほんの少しずつ先に進んでいっていた。

リゼルカは寝台に向かい合って座るシャノンの頬にゆっくりと唇をつけて、そのまま耳元で小さな声で聞く。

「これも……今まで誰ともしたことがないんですか」

「……ないよ」

シャノンはリゼルカの肩に手を置いて、お返しのように、リゼルカの額にキスを落とす。

「君としかない」

それは、なぜだか嬉しい気がした。

ふわふわした感情をしっかり捕まえる前に、シャノンがまた、リゼルカの瞼《まぶた》にキスをする。それから、鼻の頭、耳の横、小さな口付けが順番に落とされる。

小鳥の戯れのようだったそれは、だんだんと性急さを増していく。

リゼルカの息は荒くなっていたし、じわりと汗ばむような熱をシャノンからも感じていた。彼の息も荒くなっているのを感じる。練習をこなすごとにシャノンとの触れ合いに抵抗はなくなっていく。けれど、動悸《どうき》の激しさは以前よりも増していた。

シャノンと目が合った。子どものころは女の子のようだと思っていたその顔は、今は女性的ではまったくないことに気づいた。

それは、〝綺麗《きれい》な男の人〟の顔だった。

思わず視線を逸らそうとしたリゼルカの頬をシャノンの手が捕まえて、顔をシャノンに向けられた。びっくりして抗議の視線をやる。

「こっち見て」

掠《かす》れた声と、射るような視線に、動けなくなる。

シャノンの指先はそっと頬を滑っていき唇をなぞった。指先は冷たかったが、リゼルカの頬の熱はますます上がっていく。

「……ふ」

口を開けると声が出そうで、息を止めて堪えていたが、体は熱く、心臓の鼓動は激しく暴れている。

シャノンがリゼルカの体をゆっくりと倒した。首筋に顔を埋め、唇は小さな湿り気とぞくぞくする感覚を残しながら鎖骨のほうに移動していく。

手のひらが背骨を確かめるようにたどっていくその動きに、もっと触れられたい欲求さえ生まれている。

リゼルカは気づいていた。それは魔力を戻したいのとはまた別の、はしたない欲望だと。

潔癖で実直に生きてきたリゼルカは生まれて初めての感覚に戸惑っていた。

目を開けて、シャノンの瞳と目が合った瞬間、リゼルカの心に強い危機感が過った。

「シャノン……」

「……え？」

「今日は……このくらいで……」

そっと手を伸ばして離れがたい体を押して離す。俯いて、彼の顔が見られなかった。

「大丈夫？　疲れた？」

シャノンが顔を覗《のぞ》き込んでくるそれにもまたドキッとしてしまう。

呼吸を落ち着けて、先ほど過った恐怖に似た感情を忘れるように言う。

「はい。今日はもう、休ませてもらいますね」

「うん、ゆっくり休んで」

シャノンはリゼルカの髪を優しく撫《な》でた。

「ありがとう……ございます」

リゼルカは笑っていたが、心のうちにはさきほど心に過った危機感が重く居座っていた。

これ以上、深みに嵌《はま》ってはいけない。

何度も忘れそうになるが、シャノンにとってリゼルカは仕事で保護する対象でしかない。たとえこの先彼と契りを交わしたとしても、それはただ、リゼルカの魔力を戻すための手段であって、その関係は恋人でもなんでもないのだ。

そしてそれは、契りを交わした瞬間に終わってしまう関係でもあった。

リゼルカはもうシャノンに対する感情の正体に気づきかけていた。けれど、そのたびに見ないようにしている。その感情を、どうしても認めることができなかった。

シャノンに見せてくれと言われたのに、リゼルカは自分の気持ちをさらけ出して彼にぶつかることはできそうにない。

子どもの頃、ルーク・ピアフ相手だとなんでもさらけ出せたというのに、もしかしたらもう、あんなふうに誰かと胸の内を見せ合えることはないのかもしれない。

いや、考えてみればルークとの関係だって、リゼルカは彼の苦悩を軽くすることはできなかった。いつか彼を救いたい気持ちがあったのに、リゼルカは結局、教会に入ることで彼を見捨ててしまったのだ。彼との関係はリゼルカには大切なものだったけれど、彼がどう思っていたかなんてわからない。他人というのはどうあっても、結局心のうちは知れないものだ。そう思うと余計に臆してしまう。

魔力が戻れば診療所での仕事も終わり、この同居生活も終わる。

その時、リゼルカはどこに行けばいいのだろう。

そう思う時点でリゼルカは魔力が戻っても教会に戻らないことを無意識に決めていたのかもしれない。

ふたりの関係性。シャノンに対する自分の感情の変化。これからの自分の行くべき道。

それらの相まった感情がリゼルカに最後の一歩を踏み出すのをためらわせていた。

第六章　騎士団本部にて

ダニエルの家への往診も、もう二週間となる。

リゼルカが初めてフィンレイ診療所に来たのは秋の初めだった。気づけば樹々《きぎ》は葉を落とし始め、冬の気配が近づいてきている。澄み渡った空気の下、リゼルカは診療所への短い帰り道を護衛騎士のサイモンと歩いていた。

しんとしたやわらかな秋の陽射《ひざ》しも、枯葉を踏む感触も、とても心地良い。ずっと教会にいたらこんな景色も見られなかった。魔力をなくした直後には考えられなかったことだが、今は素直にそう思える。

「サイモン、見てください。あんなところに花が咲いてますよ」

背後からガシャガシャと甲冑《かっちゅう》の音を鳴らしてリゼルカのすぐ横に来たサイモンが、リゼルカの指さす先を目で辿《たど》る。

「あの花は本来もっと暑い時期に咲く花なんですが……気まぐれに咲いたんですね」

「……はいっ」

「あれは鎮静剤にもなるんですよ。この時期珍しいから、あれば診療所も助かるでしょうけど……あの位置ではさすがに採取できませんね……」

薬草は、崖になって道が途切れた場所の少し下方にあった。

「シャノンだったら身軽だから、採れるのかもしれませんが、私には無理ですね」

危険なことをするなと怒られる顔しか浮かばない。思い浮かべてふふっと笑う。

サイモンを見ると、ぐっと口を引き結び、こくりと頷《うなず》いた。

「……ではっ、自分が採ってまいりますっ」

「え？　いえ、そんなことしなくていいですよ？」

それでなくとも巨漢なのに、甲冑まで着込んでいる彼はお世辞にも身軽とはいえないだろう。

「いえ！　自分が命をかけてでも！」

サイモンは言うなり崖を降り始めた。

「ええ？　そ、そんなものに命をかけるのはやめてください！　危ないです。やめてください。サイモ……」

すぐに、重い鎧《よろい》が土を擦るガショガショッとした大きな音が乱れて響いた。

「え？」

ガコガコガショッ！　ガコン、ガコン！

甲冑に岩がぶつかる一際大きな音がして、崖下を覗き込む。

ガン、ガン、ガコッ。

彼は斜面をごろごろと転がり落ちていた。

リゼルカは声を上げる。

「え？　えぇ？」

＊＊＊

サイモンは診療所の寝台に寝ていた。

ほかの騎士たちによって診療所に搬送され、今はリゼルカに包帯を巻かれている。

「護衛は替える」

寝台の前で腕組みをしたシャノンが真顔で言い切った。

「いざというとき使えなそうな人間は任務に置けない。当然のことだ。珍しく昼に寄ってみてよかった。今すぐ騎士団本部に行って替えてもらう」

「そんな……彼は診療所のために……」

「結果、診療所の貴重な寝台をひとつつぶしてるんだよね。そもそも怪我《けが》してるなら療養が必要だろ」

確かにそれはそうだ。そのまま働かせるのにはリゼルカも賛成できない。しかし、厚意で花を摘もうとしてくれたというのに、可哀想《かわいそう》な気もする。自分がきちんと止められなかったばかりに怪我をさせてしまったという想《おも》いも強い。

「……それなら、私も行っていいですか？」

「え？　あんなとこむさくるしいだけだよ」

「サイモンに怪我をさせてしまったのは私なので……上の方に理由を説明したいです」

寝台で寝ていたサイモンがそれを聞いて、ふんぎゅ、という唸《うな》りを上げて身を起こそうとした。

「サイモン、赤くなるな。気色悪い」

シャノンが寝台を蹴飛ばした。

「気色……シャノン、そんなこと……」

「はいっ！　すみません！」

一度半身を起こしたサイモンが大声で言い放って元の体勢に戻った。

「なんだ、体も起こせるんじゃない。なら診療所の貴重な寝台にいないで、起きろ。これから行くから、ついでにお前も本部につっ返す」

「シャノン、無茶言わないでください。サイモンはついさっき崖から落ちたばかりで……」

「はいっ！　起きます！」

サイモンがムクリと起き上がる。手当てをしていても思ったが、思った以上に頑丈なようで、驚くほど軽傷だった。

シャノンとリゼルカとサイモンは連れ立って移動魔法陣のある貯蔵庫に行った。

いつもは二人で少し余るくらいの移動魔法陣だが巨漢のサイモンが真ん中にいると、ぎゅうぎゅうだった。

「うーん、不快。サイモン……狭い。少し痩せろ」

「そんなこと言っては……」

「はいっ痩せます！」

だんだん、この二人は仲が良いのではと思い始めたリゼルカは、それ以降口をつぐんだ。リゼルカにはこんなふうに軽口を叩《たた》ける相手はそういない。少し羨ましくなってきた。

騎士団本部は王城内に独立して建てられている。シャノンの移動魔法陣はその上階にあり、三人は無事にそこに移動した。

石造りの階段を下りていくと、開けた場所に出た。

そこは演習場になっていて、シャノンは端に立っていた男性を見つけて近寄っていく。

「あ、いたいた。オーウェン、ちょっといい？」

シャノンは男性の前に行ってからリゼルカに向かって説明をした。

「騎士団は今名目上は第二王子が長だけど、僕んとこの魔法士団と違って巨大だから役割が細分化されてて、僕が騎士を借りるときに手配するのがだいたいこのオーウェン。まぁたまに王子直通でも頼んでるけど……」

「どうかされましたか。シャノン様」

「コレ、返品しに来た。もっと使えるのを頼む」

シャノンの辛辣な言葉に、背後にいるサイモンが「申し訳ありません！」と叫ぶ。

「コイツ、何かやらかしましたか？」

「ん、護衛のはずがうっかり崖から落ちて怪我したから取り替えにきただけ」

「そうですか……それは申し訳ない。そちらの方は……」

オーウェンがリゼルカを見たので前に出て言う。

「ごめんなさい。サイモンが怪我をしたのは私の責任です」

「この人はリゼルカ・マイオール。隙あらば責任泥棒しようとする護衛対象の聖女様」

サイモンがまた少し赤面しているその耳をシャノンがぐいぐいと引っ張った。

「アガガガ……」

「コイツが鼻の下伸ばして自爆しただけだから、リゼルカにはなんの罪もないんだよ」

まったく要領を得ないやりとりの中に、なんとなくの原因を見出《みいだ》したらしいオーウェンが、全員を見比べてから頷いた。

「なるほど。サイモンはまだ歳若《とし》いとはいえ以前も要人の警護で実績を立てている腕の立つ男だったんですが……男兄弟で育ってますからね……女性の護衛をするのには適役ではありませんでした。ここの人員の采配を任されている私の不手際です。謹んでお詫《わ》びを申し上げます」

「いえ、そんなことは……彼はよくやってくれていましたし……」

「それでも、適材適所というものがありますから、それを見定めるのも私の役目。私の責任なので、あなたは少しも気に病むことはありませんよ」

オーウェンが優しく微笑《ほほえ》むその横でシャノンが口を尖《とが》らせる。

「ったく、オーウェンまでデレデレしちゃって……この人奥さんも子どももいるんだよ……あいたっ」

オーウェンがシャノンの頭をバシンと叩く。

「シャノン様……いつにも増して子どもらしい無邪気な振る舞いをなされてますが、誤解を招く発言は控えられたほうがご自身のためかと……」

「わ、わかったよ！　今結構力入れたろ……国の貴重な頭脳がぶっ壊れたらどうすんの！」

「あなたの脳ならかなり前からぶっ壊れておられますからなんの心配もいりませんよ」

「敬意ゼロだね……」

やはり、シャノンは誰とでも親しくなれる素養がある。そんな妙な感心をしていると、オーウェンが思い出したように口を開けた。

「ああ、そういえば、昨日レイン殿下が剣術を嗜《たしな》みたいとおっしゃって、ぞろぞろ供を引き連れてここにいらっしゃったんですが」

「え？　ボンクラ第三王子が？　女の子にいいとこでも見せたかったのかな」

「ええ、少し指導したら、そんなにきつくものを言われたことはないと憤慨して帰っていかれました。あなたやラルフ様と比べると格段に気を遣いますね」

「いや、位階は等しいんだから僕にも遣ってよ……」

シャノンの言葉に、はっとする。シャノンは気安い性格だし最近は一緒に暮らしているせいで忘れそうになるが、彼は本来リゼルカとは遠い世界で生きている人だ。そのことをまざまざと思い出す。

リゼルカが軽く委縮している間にも、シャノンとオーウェンは会話を続けている。

「それより再配置に関してですが……今、優秀な人材がかなり宝飾店の警備のほうにまわっているんですよね……人数だけならご用意できますが」

「駄目だよ。診療所の前に衛兵がうじゃうじゃいたら患者が入りにくいだろ……ていうか騎士団てそんなに使える人材に乏しいの？」

シャノンの言葉にオーウェンがぴくりと頬をひきつらせた。

「色々と派閥があって……私の動かせる人数に制限があるんですよ。うちの組織を非難する前に……ご自分のほうから任命してはいかがですか？　魔法士団には若くて活きのいいあなたの信奉者がいらっしゃるじゃないですか」

「アステアのこと言ってんの？　初対面で人の頭ふっとばそうとしてきたクソガキなんて護衛に使えるわけないだろ！　だいたい魔法士団は騎士団ほど人数いないし、半分はひたすら魔法式を研究してるだけの陰気な奴らだから実践向きじゃないし、残り半分もクセ強過ぎだから護衛には激しく向かない。去年の山火事の時かなり貢献したんだから融通利かせてよ」

以前、苦労はあまりないと言っていたが、やはり下をまとめあげるのにはなかなか難儀しているようだ。そして、魔法士団が火災時に出ているのも初めて知った。リゼルカの知らなかった彼の顔がここには沢山ある。

オーウェンは目を瞑《つぶ》って眉間を押さえ、溜息《ためいき》混じりにこぼす。

「そもそもがあなたが一人いれば百人相当という判断で絞っていたんですが……」

「僕が四六時中張り付けるもんならそうしたいけどさ。じゃあもう宝飾店の警護からまわしてくれてかまわないよ」

「そうですね。そちらもあまり手薄にはしたくないんですが……ペーターあたりなら……」

「好色過ぎる。却下」

「あなたはまたそうやって……」

シャノンがオーウェンと交渉を始めてしまったので、所在なく立っていると、シャノンがこちらを見て言う。

「リゼルカ、退屈なら色々見てきていいよ。敷地《しきち》の外に出なければどこもかしこも他所《よそ》より安全なはずだから」

シャノンはリゼルカが見聞を少しでも広げたいのを知ってて言ってくれている。確かに、滅多に入れるところでもなさそうだし、お言葉に甘えることにした。

＊＊＊

リゼルカは騎士団本部を見てまわっていた。

バミューシカ騎士団の主だった任務は王城領内の防衛だが、バミューシカだけでなく、近隣都市にも派遣され、平和維持活動やその支援を行っている巨大な組織だ。通称として騎士団という名前は残っているが、実際には剣だけでなく大砲や銃の取り扱いもしている。

とはいえ広過ぎて、こんな空き時間ですべてを見てまわれるようなものではなかった。

リゼルカは慎重に道を忘れないようにしながら目についた部屋を覗《のぞ》いていった。

最初に入ったのとはまた別の演習場を見つけたのでそこに入ってみる。

屈強な傷痕だらけの半裸の騎士が数人並んで座り、縛られているところを縄抜けしようとしていた。ほかにも近くでは腕を捻《ひね》りあげられて吊《つ》るされ、悶絶《もんぜつ》している騎士がいたりで、リゼルカには地獄の拷問にしか見えない光景が広がっており、すぐに部屋を出た。何がしたいのかはさっぱりわからなかったが、想像以上に見聞が広がってしまった。

ここなら妙なものも目にしないだろうと、次に入ったのは食堂だった。

陽当《ひあ》たりがよく気持ちのいい席が空いていたので、お茶を頼んで窓の外を見ることにする。本でも持ってくればよかったかもしれない。

しかし、しばらくすると若い騎士たちがリゼルカを見てヒソヒソと話しているのが見受けられるようになった。

「聖女」だとか「ヴァイオン」だとか言葉の切れ端が聞こえてくる。リゼルカの素性も、ここに来ていることもすでに広まっているし、思った以上に悪目立ちしているようだった。

――シャノン様の……だってよ。

――なるほど、すごいな。聖女なんて普通手は出せないのに……あの人くらいになるとあんなレベルの聖女を……。

なんだかあらぬ誤解まで受けている気がする。

――なんであんな清らかそうな人があんな歩く生殖器みたいな人と……。

——声がでかいよ馬鹿。シャノン様の耳に入ったらどうすんだ。あの人昔、演習場の天井にでかい穴空けて青空演習場にしたって……。

どんどん居心地悪さを感じると同時に場違いな感じがしてそこを出た。

もう戻ろうと思って歩いていると、食堂を出た先の通路に救護室があり、気になった。医療技術は都市によってかなり差がある。バミューシカの騎士団には最先端のものがあるかもしれない。使っている物に診療所と差はどれくらいあるだろうか。そう思って扉を開ける。

中はそこそこ広かったが、静まり返っていた。誰もいないかと思いきや、一人だけ男性がいて、椅子に座って本を読んでいた。なんとなく入り難《にく》いものを感じて引き返そうとした時に気づく。

あれは、中心街で会ったシャノンの友人の男性だ。確かガイと呼ばれていた。騎士団関係者のようだが衣服も周りと少し違う。

そう思って見ていると、向こうもリゼルカに気がついた。

「あれ？　あんたは……シャノンの……空《から》の聖女様か」

「はい。リゼルカ・マイオールです」

「俺はガイだ」

「ここの関係者とうかがってますが……」

「ああ、俺はいろんなところをふらふらしてるんだよ……」

ガイはゆるい笑みをこぼして言うが、返答はぼかされたものだった。物言いは雑なのに、どことなく威厳がある。

「シャノンと……すごく仲が良さそうですね」

「十四歳からの……ただの腐れ縁だ。ただ、あいつは妙な奴だからな、なかなか見てて飽きない」

「そうですか？」

「ああ、血の気が多くて、見栄《みえ》っ張《ぱ》りで素直じゃないだろ。愛想はいいけど警戒心は異様に強い。平気で辺鄙《へんぴ》な場所にある屋敷《やしき》を研究室に使ったり……二百年前くらいの古臭い魔法具だとか魔法式をやたらと使いたがったり……相当な変わりもんだよ……」

笑いながら楽しそうに言うガイはシャノンに詳しく、本当に親しいようだった。

リゼルカもシャノンのことはそこそこ知ってきているつもりだったが、血の気が多いという印象はなかった。魔法のことに関してはよくわからないが、シャノン自身も愛用している移動魔法陣やへんてこな鐘を古いものだと言っていた気がするのでそれのことだろう。

ここに来て、シャノンと親しい人から彼の話を聞けるのは少し新鮮で、興味深かった。

「シャノンとは、仲良くやってるのか？」

「はい。よくしていただいてます」

どういうつもりで聞いているのかがわからないので当たり障りのない返答をした。

「本当か？　ずいぶんと険悪な時期もあったようだが……」

知ったふうな物言いをするガイに、リゼルカは少し警戒度を高めた。

「険悪だったつもりはありません。関わりもなく、よく存じなかったものですから……」

リゼルカの声が固くなったのを察してか、男はふっと口元をゆるめて言う。

「いや、悪い。意地の悪い聞き方をしたな」

「いえ……」

「俺は前からずっと、あんたとは会ってみたいと思っていたんだよ」

「私とですか？」

「ああ、シャノンはあんたが聖女として頭角を現すずっと前から、あんたを異様に気にかけていたからな。俺もどんな人物か気になってたんだよ」

「そう……なんですか？」

「そうだよ。今回だって本来、教会は王国が介入できる場所じゃない。煩雑な手続きがいくつも必要なのに、まさかあいつがあそこまで強引にことを進めるとは思わなくて……俺は……」

「………」

「ものすごく笑った」

そう言ってガイは実際にくっくっくと笑った。だいぶ独特な人だ。

「あ、リゼルカ、やっぱりここにいた……」

シャノンが扉を開けて、リゼルカの正面にいるガイを見て顔をしかめた。

「うーわ、お前……こっち来てたのかよ。リゼルカ、ガイが余計なこと言ってない？」

「え？　余計なことって……たとえば、なんですか」

ガイは、くくっと低く笑って立ち上がる。

「じゃあな。あんたと話せて楽しかった」

ガイはすれ違いざまにシャノンの肩をぽんと押して出ていってしまった。

シャノンはその後ろ姿を物言いたげに見送っていたが、気を取り直すように言う。

「新しい護衛騎士を手配した。とりあえず、診療所に戻ろう」

「あ、はい。ありがとうございます」

しかし、診療所に戻ると、アガサがグスタフとマチルダの前でぴょんぴょん跳ねて見せていた。

「あら？　アガサ……そんなに跳んで、足はもう大丈夫なんですか？」

「うん、もうすっかりよくなったから！　往診は明日からはまたあたしが行けると思うよ！　リゼちゃんありがとね！」

往診の護衛騎士の必要はなくなっていた。

＊＊＊

屋敷に戻って食事を終えると、シャノンはすぐに大きなあくびをしていた。

シャノンは昨日も夜中に出ていたし、あまり寝ていないようだった。

「今日は、ちゃんとここで休めるんですか？」

「うんまあ……呼び出しがなければね」

そう言っているシャノンはすでに眠たげな顔をしている。

「お疲れのようですし……今日はもう休んでください」

「うん、そうさせてもらうよ」

シャノンは地下に行くこともなく、素直に寝室へと上がっていった。

リゼルカは片付けをして、しばらく部屋で本を読んでいたが、文字が頭に入ってこない。

ずっと、昼間ガイの言っていたことを考えていた。

『シャノンはあんたが聖女として頭角を現す、ずっと前からあんたを異様に気にかけていたからな。俺もどんな人物か気になってたんだよ』

そんなはずはないのだ。

リゼルカは今でこそシャノンを嫌いではなくなっていたけれど、彼とは幼い頃からろくに会話をしたことがない。その空気は確かに険悪だった。

シャノンと初めて会ったのは十二歳の時。場所は彼の家の庭だった。

今思い出しても印象は最悪だった。初めて言われた言葉は今でも覚えている。

「必要ないのに、親の仕事なんて手伝ってんの？」

その時リゼルカは侮辱されたと感じたし、返事もしなかった。

しかしシャノンはその後もちょくちょくリゼルカを見つけてはわざわざ寄ってきて「草抜いてればいいんだから、いいよね」だとか「君は勉強はしないの？」だとか失礼なことばかり言ってきた。

あの頃、彼はいつも不機嫌で横柄で、絵に描いたようなお坊《ぼ》っちゃまだった。もともと、身分が違うから挨拶はしてもあまり口は利くなと言われていた。下手に何か返して因縁をつけられるよりはと、リゼルカはろくに返事もせず、相手にしなかったが、今思うとかなり不遜な態度を取っていた。

幸い親を通して苦情を入れられたりすることはなかったし、周囲の大人から叱責されるようなこともなかったが、ハドリーの仕事が終わるまで半年ほど、シャノンの地味な嫌がらせは続き、そのまま別れた。

その次に会ったのは十五歳の頃だ。毎年王国が主催する式典に教会の来賓として出席した時だ。パトリック司祭は基本的に外部の式典への出席を好まないが、勲章が授与されるその式典だけは毎年出席して、教会の価値や認知度を高めていた。

そこで久しぶりにシャノンの姿を見たリゼルカは驚いた。彼がいつも纏《まと》っていた不機嫌さはすっかり消え、明るくなっていたのだ。

その代わりといってはなんだが、性に奔放でただれているだとか、才能はあるのに不真面目だとか、そんな評判がそこかしこから聞こえてきた。式典で正装をしている彼はまだ十五歳ながら大人びた色気があり、見栄えがよく、式のあとには沢山の貴族女性に囲まれていて、噂《うわさ》の信憑《しんぴょう》性を高めていた。

毎年、式典のたびに彼のそんな評判は耳に入ってきたので、世間に疎いリゼルカもそれだけは知っていた。けれど、彼はたぶんリゼルカがいることには気づいてもいなかっただろう。リゼルカは毎年挨拶すらせず、そのまま戻っていた。

それから、年に一度執り行われるヴァイオンの式典にリゼルカが出てる時にも、シャノンの姿を何度か発見した。

出席の必要はないはずだが、王国は管轄が違うからこそ問題が起こらないように教会と付き合いを持ちたがる。その関係で来ていたのかもしれない。

けれど、そこでもやはり口はきかなかったし、目も合わせたことがなかった。

シャノンとの関わりはそれくらいで、ほかに接点はまるでなかった。

思い返してもシャノンが昔から自分を気にかけていたようには思えない。

けれど、確かにシャノンはリゼルカが魔力をなくしてからはずっと助けてくれている。

そもそもリゼルカを保護するだけならほかの人間に任せておけばいいはずで、わざわざ自分用の隠れ家に入れてまでリゼルカを護《まも》る必要はないのだ。

帰りの移動や夕食の時など、何度か聞こうと思っていたけれど、なんとなく聞く機会が見つからず、今になってすごく気になってきた。

もしかして起きているかもしれない。淡い期待を持って彼の寝室の前まで行くと、扉が半開きになっていた。

中を覗《のぞ》くと、シャノンはよほど疲れていたのか、ランプもつけっぱなしで倒れるように寝ていた。

寝台の前に行って毛布を掛け直し、眠っている顔を見つめた。

そうして、再会してからあった様々なことをぼんやりと思い返す。

ふいに、せりあがってきた気持ちが抑えきれなくなって、意識せずに言葉がこぼれた。

「…………好き」

その声はものすごく小さなものだったけれど、静かな部屋にぽつんと響いた。

口にしたことに妙な罪悪感があって、胸がざわざわした。ほどけきれない警戒心から、その感情を認めたくない抵抗感がある。

けれど、堰《せ》き止めようとしても、あとからあとから溢《あふ》れてくる。もう、どうしようもない。

好き。

好きなのだ。

リゼルカはようやく自分のその感情を認めた。

そうして、しばらく静かな部屋で寝台の脇にしゃがみこんで、自分がうっかり口に出した言葉に悶《もだ》えていた。


頭上から「うわ」と小さな声が聞こえて、リゼルカは目を開けた。

そこはシャノンの寝室で、リゼルカは彼の寝台に突っ伏して眠ってしまっていたらしい。

「寝てる時に君の気配があったのはなんとなく気づいてたけど……」

「えっ？　何か、聞きました？」

「いや、知らない気配だったら危ないけど……君の気配だったから、命の危険はないと思ってすぐまた寝ちゃったよ……ここで寝たの？」

聞かれてリゼルカは赤くなって顔を覆った。

「ごめんなさい。すぐおいとましようと思ってたんですが……考えごとをしていたら、眠ってしまったんです」

「考えごとって……何かあったの？」

リゼルカはシャノンの顔を見た。シャノンは不思議そうに見返してくる。

「昨日……あなたが、昔から私を気にかけてくれていたと聞いたんです」

シャノンはぽかんとしたあと、小さく眉根を寄せる。

「うわ、なんだあいつ……やっぱ余計なこと言ってるじゃないか……」

「あなたはなぜ、ここまでしてくれるんですか？」

そう聞くとシャノンはあからさまに顔を背けた。

「べつに大した理由は……」

「はぐらかさないでください……」

リゼルカの真摯な視線から逃げるようにシャノンは立ち上がる。

「……聞きたいです」

シャノンはしばらく黙っていたが、やがて前髪をくしゃりと上げて頷《うなず》いた。

「わかったよ」

シャノンはそう言って部屋の扉に向かって歩き出した。そうして、振り向いてリゼルカを呼ぶように見る。

「見てもらいたいものがあるんだけど……」

シャノンは屋敷《やしき》の地下室に下りると、すぐそこの棚の奥から麻袋を取り出した。

「なんですか？　それ……」

「これは全部手紙。見覚えない？」

シャノンによって、どさどさと中身がぶちまけられる。

そこにあった見覚えのある筆致はすべてリゼルカ本人のものだった。

宛先はルーク・ピアフ。息が止まるような驚きに動きを止めた。

「……なぜ、あなたが彼宛のものを……」

心臓がどくどくと音を立てて混乱する。

「それは僕がルーク・ピアフだからだけど……」

「……騙《だま》してたんですか？」

「いや、名前は偽ったけど、そんなつもりはなかったし……君への手紙に書いたことも、全部本当だよ」

リゼルカは数瞬《すうしゅん》、いろんなことを理解するために固まった。それが本当だとして、シャノンがリゼルカに手紙を出す理由がわからない。

「でも、あの頃あなたは……私を嫌っていましたよね」

「うん……初めて会った頃は、君が庭師の娘として自由気ままにすごしているように見えて、妬《ねた》ましかった」

「妬ましかった……あなたが、私をですか？」

「そうだよ。無理に教育を押し付けられることもなく、自由に過ごしているように見えた。

実際には、君にもすごく色々あったわけだけど。そんなこと知らずに……八つ当たりをしていたんだ……ごめん」

シャノンが、リゼルカに嫉妬する。それは、身分や環境を考えると想像もつかないことだった。リゼルカだって、シャノンは恵まれた環境でのびのびと育っていると思い込んで、妬ましく思っていた。

「あの頃、僕は王聖魔法士としての厳しい教育に嫌気がさしていた。父親も家庭教師も執事も、味方なんて誰もいなかった。みんな自分を縛りつけようとしてくる敵だった」

「………………」

「その頃の僕には国を護りたいなんて正義感はまるでなかったんだよ。だから自分は生まれた時から国のために消費されて食い潰されるだけの運命の囚人だと思っていた」

それは想像していたものと規模は違ったが、聞けば聞くほどルークがよく言っていたことだった。

「この間も少し話したけど、昔僕が君に手当てをしてもらった時のことを、覚えている？」

「すみません。少しだけしか……」

「そうだろうね」

シャノンは少しがっかりした調子で、だけど、わかっていたというふうに頷いた。

「あの時僕は……死んでしまえばこのくだらない生活から解放されると、やけっぱちになって自分の腕をナイフで斬りつけたんだ。今思えば、死ねるほどの傷じゃなかったけどね」

「そうだったんですか……」

「君は僕を嫌ってるようだったのに、怪我《けが》の理由を聞くこともなく、なぜか黙って当たり前のように手当てをした」

リゼルカの脳裏に、その時の光景がうっすらと思い出された。

腕から血を流して座り込んでいるシャノンを見つけたのは広大な庭の端で、すぐにハドリーを捜したけれど見当たらず、医療箱を持ってシャノンの元に取って返した。

あの時のリゼルカは怪我の手当ての仕方もよくわかっていなかった。それでも、目の前の怪我人をなんとか助けたい気持ちが湧いて、必死だった。

理由を聞く気にならなかったのは、いつも高慢なシャノンが泣きそうな顔をしていたからだ。彼はその気になればすぐに屋敷の人間の手当てを受けられるのに、動こうとはしていなかった。だから強引に手当てだけして、その場を去ったのだ。

「僕はそれから……君が何を考えているか知りたくなった。けど、ハドリーの仕事期間はもう終わり間近で、だから手紙を出すことにしたんだ」

「それが、最初の……」

「うん、相手が僕だと知ったら君に拒絶されるかもしれないと思ったし、僕は僕だと知られずに、何者でもないルーク・ピアフとして、ただ君と話をしてみたかった。だから名前を変えて、正体を伏せて、住所も自分の家とは変えて、最初の手紙をハドリーに預けた。彼は相手の身分や立場に安易にへつらう人ではなかったけど、気持ちを伝えたら快く了承してくれたよ」

「じゃあ、ハドリーは相手があなただと知っていたんですね……」

シャノンは頷いた。それから、思い出すようにゆっくりと言葉を紡いでいく。

「……誰も僕の話をまともに聞こうとはしなかった頃に、君だけが僕の話をまっすぐに聞いてくれた。あの頃、君と手紙でつながることだけが僕の救いだった」

リゼルカにとっても、それは確かに救いだった。

「けど、私は教会に入ることになって……手紙を急に終わらせてしまいました……」

あの時、たった一人の友達を突然見放してしまったような罪悪感。小さな棘《とげ》が、ずっと後悔としてリゼルカの胸に残っていた。

口ごもったリゼルカに、シャノンはやわらかな声で言う。

「いや、いろんなことが全然うまくいかなくて、家の教育が本気でわずらわしかったのは十四歳頃までで、そこからは環境が変わった。君が教会に入って手紙が終わった頃だね」

「どう変わったんですか？」

「うん、同じといえば同じだけど、正式に魔法士の資格が与えられたことで魔法の使用がようやく許可されて、ある程度自由に動けるようになって……それからたぶんこれが大きいんだけど、きちんと話ができる同性の友人を持つことができた。そこから急に楽になったんだ」

「よかったです……」

あの頃のルークが、思っていた以上に追い詰められていたことを知り、けれど、彼は暗い沼からきちんと抜け出せていた。そのことはリゼルカの心を救い上げた。

「でも、あの頃の私が手紙に書いていたことは、あなたを傷つけてはいませんでしたか？」

シャノンは小さく笑って首を横に振った。

「僕は君と関わりをなくして……せめて君が健やかに笑って過ごせる国を作ろうと、それだけを目標に自分の立場を受け入れたんだ。自分に与えられた役割、それを疎むだけではなく、自分にしかできないことがあるのは素晴らしいことだと、君がそう言っていたから」

リゼルカはシャノンの言葉に泣きそうになった。

あの頃の自分が彼に渡した言葉は、救いの形できちんと届いていたのだ。

今のシャノンを見ればそれは聞くまでもないことだった。彼は今、自らの立場を受け入れ、役割以上のことを自分で考えて彼にしかできないことをやろうとしている。

あの頃リゼルカが素敵だと繰り返して言っていた存在そのものだった。

「僕の意識が変わると、周囲の態度も変わった。そうしたら敵ばかりだと思っていた周囲もそんなに悪い人間ばっかじゃなかったし、まぁ、あることないこと言われるようになったのもそのあたりからだけど……それはまぁ、自分のせいだし、いいんだ」

淡々と言うシャノンの顔をじっと見つめる。

「君はよく、誰かの救いになりたいと書いていたけれど、ずっと前から君の存在は……君だけが僕の救いだったよ」

シャノンは言いながら次第に俯《うつむ》いていき、小さな声で続ける。

「君がいなければ、僕は死んでいたかもしれないし……君がいなければ、誰かを殺していたかもしれない」

そうしてシャノンはまた顔を上げて、リゼルカの顔をしっかりと見た。

「いつも実際の君を前にすると、まったく素直になれなかったけど……僕はずっと君を見ていたし、力になりたいと思っていた。僕にとっては、君が聖女であってもなくても、唯一の人だったから」

魔力を失くして彼と再会した時にリゼルカはもう、あの頃のようにまっすぐに誰かの役に立ちたいと願う人間ではなくなっていた。

リゼルカは魔力に固執して、自分の価値をずっとはき違えていた。

リゼルカによって変わったというシャノンがそれを、間違いだと教えてくれた。

だとしたら彼によってもたらされたいくつもの感銘は、あの頃のリゼルカ自身の心が返されたものともいえるかもしれない。

「ルーク・ピアフの住所を訪ねた時、そこは町はずれの空き家でした。だから私、彼はどこにもいないのではないかと……」

「訪ねたの？」

「はい。一度、会ってお別れを言いたくて……」

「そっか……リゼルカ、ちょっと、外に出てみない？」

「出られるんですか？」

「そうそう、ここ、外から塞いであるんだよね。扉には外から板が打ち付けてある」

「なぜ、そんなことを……」

「僕が使うのにそのほうが色々と都合がよかったから」

いつもの調子で言ったシャノンが、二階に移動するその背を追いかける。

シャノンが空き部屋のひとつに入り、二階の窓から下りられるように梯子《はしご》をかけてくれた。

「気をつけて」

「はい」

　そろそろと梯子を下りきる。上で梯子を支えていたシャノンが追ってひらりと飛び降り、リゼルカの横に来た。

　リゼルカは自分がここのところ暮らしていた屋敷《やしき》の全貌を目に入れようと、数歩後ずさる。

　一段低くなっていることに気づかず、よろけたリゼルカの腰をシャノンが支える。

　リゼルカは自分がよろけたことにも気づかず、目を丸くして屋敷を見ていた。

　木で打ち付けられ、塞がれた扉。

　あたりは草が生い茂り茫漠《ぼうばく》としている。

　背後には森のように樹々《きぎ》があるそこは。

　ここのところずっと自分が暮らしていた屋敷は、あの頃ルーク・ピアフを捜してたどり着いた町はずれの空き家、そのものだった。

第七章　黒龍の贄

魔法史、魔法科学、王国史、民族史、地理、剣術、戦術、算術、経済学、社会学、外国語、言語学、マナー、馬術、社交術。

シャノンは同じ歳《とし》の貴族が通う学園へはずっと通わせてもらえなかった。毎日、入れ替わり立ち替わりで専任の講師が現れ、みっちりと刻まれている時間割《カリキュラム》、自由な時間はほぼない生活。しかも、彼にとってはそのすべてが退屈なものだった。

その頃のシャノンは我儘《わがまま》放題で、大人を食ったような態度で挑発したりするので周りも手を焼いていた。その破天荒さに医者を呼ばれたこともあった。

シャノンの能力は年齢よりもずば抜けている。それなのに順を追って年相応の教育課程をやらせようとしたのが強いストレスになったのではないかというのが、異国の医者の言ったことだった。だが、その弁は結局誰にも聞き入れられなかった。

あの頃、シャノンは何もかもが嫌だった。

ずっと苛々《いらいら》していて、いつもすべてを捨てて逃げ出してしまいたいと思っていた。

実際に何度か逃げ出したこともあった。国境近くまで逃げたこともあったが、騎士団員総出で捜索されて連れ戻され、また同じ退屈な日々が繰り返された。

シャノンはじわじわと追い詰められていった。

ほかに子がいればまた違ったかもしれないが、シャノンは幼くして母を亡くしていたため、それも敵《かな》わず、大人たちは必死になってユーストスの一人息子を教育しようとした。

シャノンは後妻を娶《めと》って子を作れと言って、おそろしく一途《いちず》な父にまた激しく叱られた。

あの頃、裕福な家に生まれたシャノンは、彼ほどには豊かでない同年代の子たちからいつも羨ましがられていた。人からは理解されにくい苦しみだった。

けれど、シャノンを羨む彼らは学園で友人を作り、外でのびのびと遊んでいて、その気になれば自分で未来を得ることができる自由を持っていた。

周囲にいて目に入る貴族の子らだけでなく、もっと貧しい貧民街の子とだって、もしも環境を取り替えてもらえるならば、シャノンは喜んで替わっただろう。

たとえ豊かな生活があろうとも、その環境は、苛烈な気質を持つシャノンと絶望的なまでに合っていなかった。

そんな中、庭師に連れられてきた同じ年頃の少女がリゼルカだった。

彼女は不愛想で美しく、ツンとしていて、どこか神聖さを持っていた。それでいて、庭に来た小鳥を見つけると花のように笑う。その様子はシャノンには眩《まぶ》しかった。

彼女はシャノンが八つ当たりのように怒りをまき散らしてもまったく相手にしようとは

せず、やがて、嫌そうに彼を避けるようになった。

だからその頃、シャノンは悔しさから、リゼルカのことをすました高飛車な女だと思おうとしていた。

けれど、彼女はシャノンが怪我《けが》をしているのを見つけると簡易な医療箱を手に、息を切らせて戻ってきた。そして、自分の服が血で汚れるのも構わずに、ためらいなく彼の傷ついた腕を取った。

シャノンの周りは大人ばかりで、皆表面的には彼を敬うが、心の中では我儘な暴君の彼を疎んじていた。そして、シャノンはそれがわかる程度には聡《さと》かった。その頃の彼には心を通じ合わせることのできる人間が一人もいなかった。

リゼルカは彼を敬ったりしない。気に入られようともしない。

それなのに、怪我をした彼を理由も聞かずに必死に手当てしてくれた。

その優しくも懸命な手つきに、なぜだかその時涙が出そうになった。もしかしたら、彼が幼くして亡くした母親が持つような母性をそこに感じたのかもしれない。あるいは、そっけなかった彼女の垣間見せた優しさに興味を惹《ひ》かれたのかもしれない。

理由はいくらだってこじつけで考えられたけれど、そのどれかひとつではなかった。

シャノンはきっと、あの瞬間に恋に落ちたのだ。

だから彼女のことを知りたくなった。

何を考えているのかわからなかったリゼルカの心の中は、真面目すぎるくらいまっすぐで、自分の役割を持つことで価値を得て、誰かを救うことを強く夢見ていた。

シャノンになかったその純粋さは、彼の心にいくつもあった障壁をなんなく壊した。

シャノンは次第に自分の思っていること、怒りや、悲しみ、誰にも言えないような弱音も彼女にぶちまけるようになった。

リゼルカは、価値がないと思っているシャノンの人生に対して、繰り返し素敵だと、憧れていると熱弁した。そしてそれは、シャノン自身が何度も自己を否定してつけてきたいくつもの傷を、丁寧に癒《いや》すように作用した。

好きな子が自分の立場を肯定してくれる。好きな子がそれを素敵といってくれる。

そんなあまりに子どもっぽく単純なことが、追い詰められていた幼い少年の胸を打った。

心躍ることなど何もなかったシャノンにとって淡く芽生えた初恋と、その相手が肯定してくれることは、大きな救いとなった。

シャノンにとってリゼルカはずっと救いで、破天荒で我儘だった彼は彼女の理想をなぞることで、まっとうに成長することができた。

シャノンは自分がルーク・ピアフであったことは彼女に伝えられたけれど、彼女に救われた本当の理由は、結局言えていない。

＊＊＊

思い出すのは木製の古い食卓だ。

かつてハドリーと暮らした家にあった食卓で、リゼルカは沢山の手紙を書いた。

リゼルカはルークとの手紙ではいつも、剝《む》き出しの心を交わしていた実感があった。

あの頃からリゼルカはずっと、役割を持って、誰かの力になりたいと思い続けていた。

けれどそれは、裏返せば、役割や価値がなければ存在してはいけないのだという強い思い込みと、焦りだった。

けれど、シャノンにもらった言葉がリゼルカの心を救済した。

——僕はずっと君を見ていたし、力になりたいと思っていた。僕にとっては、君が聖女であってもなくても、唯一の人だったから。

リゼルカは、そのままの自分の力になりたいと思ってくれる誰かがいるなんて、想像したこともなかった。

それはリゼルカにとって、存在を許されたような喜びだった。

今までシャノンにどんなに優しくされても、心配されても、心のどこかでそれは彼の仕事だからと思ってしまっていた。けれど、仕事としてだけじゃなく、彼は本気でリゼルカの助けになりたいと思ってくれている。それを知ることができた。

ルーク・ピアフはリゼルカにとってずっと、心を支えてくれる特別な存在だった。

シャノンがいくら飄々《ひょうひょう》として見えたとしても、リゼルカはルークが自分の役割に対して苦しんできたことを誰よりも知っている。今いるシャノンは、彼が自己に対して逃げずに向き合ってきた結果なのだ。

だから、リゼルカもこれ以上言い訳をせずにきちんと前を向きたいと思った。

リゼルカはもう誰かのためではなく、なんのわだかまりもなく、それを決めることができた。


それは、ルーク・ピアフの正体を知った翌晩で、風の強い日だった。

「シャノン……少しいいですか？」

「あ、練習？」

シャノンはいつもの調子で快諾して、二人は彼の寝室に移動した。

部屋に入ったシャノンは、寝台に腰掛けた。そうして、顔を上げてリゼルカを見て動きを止めた。

「……どうしたの？」

リゼルカはシャノンの目の前に立ったまま、俯《うつむ》きがちの緊張した顔で、自分の片腕をぎゅっと抱いていた。

「聞いてほしいんです」

「うん」

「今から言うのは……決して自暴自棄な気持ちではなく……私なりによく考えて、決めたことなので」

ぼそぼそと焦った声で言葉を紡ぐリゼルカに、シャノンは安心させるような優しい声で答える。

「うん、大丈夫だよ……言ってみて」

「……はい」

そう答えてからも、リゼルカはすぐには喋《しゃべ》れなかった。シャノンは急かすでもなく、黙って待っていた。

リゼルカはしばらく浅い呼吸を繰り返していたが、ぱっと顔を上げてシャノンを見た。

「私は、もう大丈夫です。その、あなたが嫌でないなら……」

どんどん小さくなりそうな声を、喉の奥から絞り出す。

「……だ、抱いてほしい、です」

シャノンの目の色が一瞬だけチラッと金色の光を帯びた。彼はしばらく寝台に座ったまま、呆然《ぼうぜん》として動かなかった。

「わ、私は……」

あなたのことが、好きだから。そこに無理はしていないのだと、そう伝えようとするが、呼吸が浅く、なかなか声にならない。そうしているうちに、立ち上がったシャノンがリゼルカを強い力で抱き寄せた。

「……っ、苦しい、です」

「ごめん……」

そう言いながらも、離そうとはしない。シャノンの左手はリゼルカの腰にまわっていて、右手はリゼルカの髪を撫《な》で、そのまま頬までなぞられた。

顎をすくわれて、リゼルカはごく近くから自分を見下ろす彼の顔を正面から見つめることとなった。覗《のぞ》き込んだシャノンの瞳は、すっかりと金色だった。魔力が関係しているのだろうけれど、興奮したときにもなってしまうのだろうか。そんな彼の感情の揺れさえ愛おしく感じられる。

頬に触れているシャノンの手のひらが熱い。密着した胸からも、速い鼓動が感じられる。もっと近寄りたい。触れ合いたい。興奮した欲求が口から熱い息となってこぼれていく。

その時だった。

天井からぶら下がったギアドの鐘がガラガラと鳴り響く。

シャノンは緩慢に顔を上げてそちらを見たが、リゼルカの腰にまわした手をゆるめようとはしない。それどころか、両方の腕で確かめるようにぎゅっと抱きしめなおす。

「あの……鳴ってますけど」

「行かなくても……」

「そんなわけには……」

「……………そうかなぁ」

また、ガラガラと鐘が鳴る。

「……シャノン」

「…………わかったよ」

シャノンはリゼルカの体を離すと、名残惜しそうに、額に口付けをした。

「リゼルカ……帰ったらきっと」

「……っ、はい」

そう言われ、リゼルカは頷《うなず》いてしまった。

シャノンはいかにも足取り重く、とぼとぼと地下へと向かっていった。

＊＊＊

「帰ったらきっと」

そう言ってシャノンは出ていったが、結局その日は帰ってこなかった。

リゼルカはろくに眠れないまま夜明けを迎えた。

そして、あまりに落ち着かない気持ちを立て直そうと、そこから逃げるように診療所へと向かった。

まだ早朝で、開院時間よりもだいぶ早かった。入院患者のほかはカーターしかいなかったが、彼はすでにいつもの場所で調薬を始めていた。

診療所の空気は彼女にとってすっかり日常的なもので、非日常に飛んでいってしまった心を連れ戻してくれる。

リゼルカは掃除をするために雑巾を固く絞った。

心を落ち着けるため、掃除に集中した。そうして集中しているうちは、心を緊張から逸《そ》らすことができる。

ふいに玄関のほうから誰かがとんとん、と忙《せわ》しなく戸を叩《たた》く音が聞こえた。

玄関に行って戸を開けると、エリシャが飛び込んできた。

「エリシャ、どうしたの？」

手を引いて屋内につれていく。エリシャは走ってきたのか、ぜえぜえと息を切らしていて、なかなかしゃべれなかった。

「あ……っ、パ、パパのっ……発作が……！　ひどいの！　すっ、すぐに来て！」

カーターがこちらを見て即座に調薬を始める。

「薬がなければ行っても無意味になるから、少し待ってもらえる？」

そう言うと、エリシャはリゼルカに抱き着いてうんうんと頷いた。

まだ幼いエリシャは一人きりでの外出は禁じられていたはずだが、来てしまったのはよほど不安だったのだろう。エリシャは待っている間中、リゼルカの服の裾をぎゅっと握っていた。

やがて、カーターから薬を受け取ると、エリシャにぐいぐいと引っ張られるようにして診療所を出た。

「早く！」

「待って、エリシャ……」

「急がないと……パパ……今度こそ……し、死んじゃうかもしれないよ……」

目の前で父親が苦しんでいるさまというのは何度経験していても慣れないのだろう。エリシャは必死だった。その顔を見て、リゼルカも黙って走った。

「パパ、連れてきたよ！」

「ダニエルさん、大丈夫ですか」

すぐに薬を飲ませると、ダニエルの呼吸は落ち着いていく。エリシャと顔を見合わせてほっと息を吐いた。

「ここのところは落ち着いていたんで、油断してました。こんな時間にすみません」

「いえ、たまたま少し早めに来ていたので……対応できてよかったです」

そう言いながら息を吐いたリゼルカはダニエルを見て心に引っかかりを感じた。

ダニエルはどこかに出かけていたのだろうか。黒い衣服はまるで夜盗のようだった。

寝台の下の床に置かれていた小さな麻の袋が目についた。そこからはみ出すように、赤い宝石のあしらわれた腕輪が覗いていた。その近くには、やはり、同じ赤い石がついたネックレスもある。

粗末な家には似合わない宝飾品に、ぞわりとした違和感を覚える。

「……エリシャ、ちょっとお父さまと大事なお話をしたいから、あっちの部屋に行っててくれる？」

エリシャは少し不思議そうにしたが、頷いて隣の部屋へと行った。

「どうしました？」

「ダニエルさん、この宝飾品は……どちらで？」

「それは……」

ダニエルは、はっとした顔で口ごもった。

「これは、魔眼石ですよね？」

預かったにしては粗雑な袋に入ったそれは、貧しい家に住む者がやすやすと買えるようなものではないことをリゼルカは、そしてダニエルも知っていた。

長い沈黙が部屋を支配したあと、ダニエルは諦めたような顔で息を吐いた。

「砂咳《すなぜき》で前の仕事は首になった。なんとか働かせてもらっていたところも、発作の期間はろくに行けなかった。娘の……エリシャのためだったんだ……飯を食わせてやらなきゃならない……」

リゼルカは言葉に詰まってしまった。

ダニエルのしたことは許されることではないが、幼い娘を養うために必死だったのはわかる。過去に同じ状況を身をもって経験しているリゼルカには頭ごなしに責めることはできなかった。

「魔眼石を大量に買い集めている人間がいるんだ。城下のほうは警備が厳しくなったらしくて、このあたりにも話が来ている。俺だけじゃなく……ほかにも同じように盗みを働いて、その人に高額で買い取ってもらってる奴はいる……」

「買い集めてる人間というのは、誰かわかりますか」

「かなり用心深いらしくて、直接会ったことがないんでわかんねえが……ただ、最近動きが特に活発になって……そのせいで一部で噂《うわさ》にはなってる」

「誰ですか」

「それは……」

言いよどんだダニエルが胡乱《うろん》な目でリゼルカを見てくる。

「あんたは……元はヴァイオンの聖女だろ？　知ってるんじゃないのか？」

「……どういう意味ですか？」

リゼルカは強い視線をダニエルから外さなかった。

やがて、ダニエルが観念したように口を開ける。

「……ヴァイオンの、パトリック司祭だ。彼が石を集めている」

リゼルカは驚きに息を呑む。

「それは……本当ですか」

「あ、あくまで噂だが……」

それでも、シャノンに知らせなければならない。

急いでダニエルの家を出た。

背の高い岩の切り立つ道を、早足で診療所へと向かう。リゼルカは急いで帰らなければならないと頭がいっぱいで、足音が近づいていることにも気づかなかった。

背後から黒い人影が伸びる。

ざり、と土を刮《こそ》げるような音でようやく人の気配に気づいたリゼルカは振り返った。

けれど、一瞬ののちに視界は黒く染まり、記憶があるのはそこまでだった。

＊＊＊

シャノンが目をつけている邪教の残党が、今夜集会をする、そのために生贄《いけにえ》が用意されたという情報がまわり、急遽《きゅうきょ》遠方の地へと赴いた。

しかし、場所も時間もかなり限定されているのに結局、そこで収穫はなかった。

帰還したシャノンは、王城の二階の手摺《てすり》に手を置いて広大なエントランスホールをぼんやり見ていたガイを発見した。

「……シャノン、首尾はどうだ？」

この男、ラルフ・ガイミール・デ・バミューシカは、身分を隠してしょっちゅう市井に紛れているが、実際は国の第二王子だ。芸術に傾倒し政治には無関心な兄、それから頼りない弟とは違い、国政に旺盛な関心を持つ彼は、未来には国を統べる王となることが周囲から予想されている。

彼は初代獅子王《ししおう》が各都市に築いた城のひとつで生まれ、様々な都市を見て育ったが、十四歳でバミューシカに来てからはシャノンのよき友人であり相棒でもあった。

平和な時代の貴族の増長は平民の不満につながり、やがては革命を生む。そこに危機感を感じたのだろう。現在の彼は腐敗した貴族たちの横行の取り締まりを主戦場としている。

ただ、シャノンの見つけてきた別都市の案件の後押しや後始末をさせていることも多いので、そういった意味ではシャノンも頭が上がらないところもあり、頼りにしている存在でもあった。

「収穫はまるでなし。なんだったんだろうな……」

「デマはよくまわるが、今回のは妙に具体的だったな。そのわりに情報の出元ははっきりしない」

「うん……何かひっかかる」

「ところでシャノン、聖女様の魔力を抜いた奴は、本当にあいつで間違いないんだろうな」

「ああ、教会の人間が診療所に来たすぐあとに、付近に妙な輩《やから》がいた。そのあとそこからたどっていった。おそらく当初は説得が失敗したらすぐ強引に攫《さら》う算段だったんだろうと思うよ」

「短気なお前にしてはその後の進捗がはかばかしくないが……この状況を引き延ばしてはないよな？」

「まさか。ちょいちょいつっついてるんだけど……あいつ、やり方が姑息《こそく》な上にガードが固くてさ……大抵の罪は下が被《かぶ》る仕組みになってるもんだから……現時点だと手の出しようがない」

「お前んとこにいる聖女様を囮《おとり》に使えば早そうだがな」

「却下」

「そう言うと思ったよ。言ってみただけだ……そんな目ん玉黄色くすんなよ……聖女様にはまだ言ってないんだろ？」

聞かれてシャノンは数秒動きを止めた。それからぼそぼそと言う。

「リゼルカが……悲しむかもしれない」

ガイはなぜか吹き出して笑った。腹が立ったシャノンはガイの脇腹をこづく。

「はぁ……あんな奴、ぶち殺していいなら楽なのにな……」

「物騒なことを言うな。きっちりこの国の法で締め上げろ」

「……それが面倒なんだよ……わかってるのに手を出せないなんて……」

苛立《いらだ》っているシャノンを前にガイはくくっと笑う。

「でもまぁ、お前も大人になったよな……会った頃の、寄ると触ると目ん玉黄色くして物壊してた頃のお前なら我慢できてないだろ……」

シャノンは美しく装飾された手摺にだらしなく頬杖《ほおづえ》をつき、横目でガイを見て言う。

「……僕がまぁまぁ大人になれたのは、半分はお前のおかげだよ……」

寡黙なわりに好奇心旺盛なガイは、教育方針の違いもあってかシャノンほど自分の環境に息苦しさを感じていなかったようだが、それでもシャノンにとって初めて同じ目線で話せる同性の友人だった。

ガイが不敵にふっと笑う。ガイは彼のほかの兄弟と比べるとだいぶ粗暴だが、それでもやはり、生まれ持っての高貴さがある。

「俺までたらしこまなくてもいいぞ」

「単なる事実だよ。それより、なんか手はない？」

「どの道、聖女様がこっちにいる限りはあちらさんは動けないはずだが……」

「そうだけど、そろそろ結構強引な手を使ってきそうな気がしてて……」

「強引な手って？」

「僕がいたらまず手は出せないわけだから……」

シャノンはそこまで言って、動きを止めた。

「おい、また目の色変わってんぞ」

ガイが何か言っているが、頭に入ってこない。

弾《はじ》かれたように顔を上げると、身を乗り出し、城の支柱を使って下の階に滑り下りた。

「おい、シャノン、どこ行くんだ！」

「ヴァイオンだ！　お前もあとからすぐに来い！」

＊＊＊

リゼルカが目を覚ますと、そこは教会の主聖堂で、赤い花に囲まれていた。

あたりは甘い匂いで満たされている。頭がズキズキと痛んだ。

やがて、ぼやける視界の焦点がゆっくりと合っていく。

はっと顔を動かすと、そこは棺《ひつぎ》のような形の寝台の上で、周りには大小様々な赤い宝石がびっしりと敷き詰められていた。

あの日見た、赤い花が咲き乱れる悪夢。

赤い花と思っていたのはすべて宝石——魔眼石だった。

きっとこんな量は数年がかりでなければ集められない。

目の前の祭壇の前には見たことのない黒い祭服に身を包んだパトリックがいた。その顔に怪しげな紋様が塗られていてぎょっとする。

「やっと戻ってきてくれましたね、リゼルカ。あなたには稀有《けう》な素質がある。それなのに、あの忌々しい王聖魔法士がずっと邪魔をしていた。まぁ、取り戻すまでの時間で儀式に使う魔眼石も十分に増やすことができましたがね……」

「司祭、あなたが……私の魔力を抜いたんですか？」

「そうですよ。魔眼石がいくらあっても触媒となる贄《にえ》がなければ黒龍の復活は望めない。あなたは私がずっと探していた贄になれる、稀有な存在です。儀式のために、私が育て、そしてこれを使って空にしました」

そう言って先端に大きな赤い石のついた杖《つえ》を見せてくる。パトリックには魔力がない。おそらく、誰かがそのための魔力を吹き込んだ魔眼石の杖を使ったということだろう。

「一般に、魔法士というものは創世時にいた神の一族の血を引いている者たちとされています。だから彼らは皆、生まれた時から魔力を持っている」

パトリックは滔々《とうとう》と続ける。

「ですが、痛みや苦しみを魔力に変換する聖女の力というのは、すべて突然変異で、目覚める時期もまちまちで、未《いま》だに出所が不明なんですね。それなのに聖女の数が少なく、そのほとんどの力が弱いことから、ろくに研究はされていなかった」

「…………」

「エルドラは、聖女は黒龍によって選ばれた、異界と通ずる存在と考えています。膨大な魔力を必要とされる黒龍の復活に使われた前例はまだありませんが、過去には小さな魔力と聖女の贄により、大量の魔物や小さな龍が召喚されたことを根拠としているんです」

「あなたは、ずっと前から……裏では邪教を信仰していたということですね」

「邪教ですか。まぁ……あなたからしたらそうかもしれませんね。エルドラは私の唯一の救いだった」

パトリックは祭壇でありがたい言葉を紡ぐかのように言う。

「私はメイフィールドの生まれなんですが……その中でもかなり小さなアンソンという村の生まれです。あそこは農業地帯で、貧しく、何もありませんでした」

＊＊＊

パトリックの親も、その親も、さらにその親も、皆、一生村を出ることなく、生まれた時から決まった土地で畑を守り続けていた。村は閉鎖的で、発展性は何もない。

「ただ、不思議なことに私の村には、聖女の魔力に目覚める者が多かったんですね。そうして十から十五の間に目覚めた彼女たちは、みな、嬉々《きき》として村を出ていくんです」

そして、それ以外の理由で村を出ることは掟《おきて》で禁じられていた。安易に出ていかれると働き手が減るからだ。

聖女たちは皆、目覚めた瞬間から傲慢になり上がる。狭く、不自由な村を出ていける解放感と、人にはない特別な力を持っているという優越感がそうさせるのだ。

パトリックの幼馴染《おさななじ》みであり、末は退屈な結婚をするのだろうと思われていたジョディもそうだった。前日まではすぐ隣で親しげに話をしていた彼女は、聖女の魔力に目覚めた瞬間から彼と距離を取った。そうして、三日後にはもう村から消えていた。

それはパトリックが十六歳の時のことだった。

それからも、村には三年に一度ほど、聖女の魔力に目覚める者がいたが、パトリックは村を出ていこうとする聖女をいつもよしとしなかった。

なぜ、自分の村を捨てるのだと義憤を燃やし、人が一人いなくなるということが、どれだけ村に損害を与えるか、どんなに周りが迷惑をするかを説き、出ていこうとするのを必死で妨害した。

けれど、実際のところ、パトリック自身はこのまま何もない村の中で生きて、朽ち果てていくのは吐き気がするほど嫌だった。

パトリックには特別な才能もなければ志もなかった。彼は自分が小物だと十分に知っていた。

それでも、すぐ隣に並んでいたはずの他人が自分にない成功をしていくのが許せなかったし、失敗をしてひどい目に遭って帰ったきた日にはホッと胸を撫《な》で下ろしていた。

ただ、そんな日々はパトリックに何も与えはしなかった。

「私は……ずっと何かを探していた。そんなときでした。家の蔵の奥に、エルドラの残した書物があったんです」

二十六歳の時にエルドラの思想に出会ったパトリックは一読してそれに魅入られた。

世界は最初から間違っていたのだ。与えられる富や才能、環境に不公平さが過ぎるのは、黒龍があるべき形にするはずだった流れを変えた、悪《あ》しき人間たちがいるからなのだ。この流れを正すことが唯一の正義なのだと知った。

「エルドラによって使命を得た私は親兄弟を捨てて村を出ました。掟破りは二度と村へは戻れない。けれど、そんなことはもうどうでもよかった。そして、黒龍復活の準備を始めました」

パトリックは王国からの介入がないとされる教会に入り込み指導を受け、そこにいる聖女を品定めしながら上を目指した。

けれど、パトリックは知っていた。普通にしていては、自分のような何もない者が司祭となれるはずはない。ここにも当然のように自分より秀でた者たちがいて、常に彼の目的を阻害してくる。

パトリックは数年かけて自分の邪魔になりそうな人物を追い出していった。自分がしたと露見しないように嫌がらせをし、ときには罪を捏造《ねつぞう》することもあった。

「それから最後に当時の司祭を殺しました。司祭は慈悲深く、生来の善人で私を可愛《かわい》がってくれていましたよ」

パトリックの発言にリゼルカが目を剝《む》いた。その顔を見て、胸がすくような思いがした。

ただ、パトリックが司祭になったその時点で、教会にはろくな聖女がいなかった。

彼は自分の手で管理しやすいように、孤児の中から才能ある聖女を見つけ出し、増やしていった。彼は村を出ていく聖女たちを見ているうちに、聖女の芽がある人間がなんとなくわかるようになっていた。

「リゼルカ、私はあなたを最初に見つけた時、驚きました。正直、妬ましくて仕方がなかった」

「私は孤児で……たった一人の養父を失ったばかりでした。妬ましがることなど……」

パトリックは歯をぎりっと嚙《か》み締め、不自然な笑顔で言う。

「あなたには、才能がある」

「…………」

「私がいくら欲しても得られなかった、特別な者となれる素養があるんです。今にして思えば、私は優越感に満ちた顔で村を出ていく聖女たちをずっと憎んでいた……だからこそ、その聖女を贄とする方法に魅入られたのかもしれませんね」

「…………」

「これを見てください。ある程度の才能は、金で買えるんです」

パトリックの背後には大きな魔眼石のついた杖が複数並んでいた。

「闇の市場で数年かけて自分に必要な杖を買い集めました。そうすると、なんの才能も持たない私でも金の力でその能力が得られてしまうんですよ」

パトリックがニヤニヤと笑うその顔を、リゼルカは嫌悪感を剥き出しにして見ていた。

「これから私が数年かけて集めた魔力をすべてあなたの体に入れます。そうすると、本来苦しみ以外のエネルギーを魔力に変換できない憐れな生き物である聖女は、そこで飽和した魔力によって、肉体の形を変形させて贄《く》となるんです」

中途半端な魔力だと、異界からそれを喰らおうとするモノたちがわんさと来る。だが、大き過ぎる魔力は、それより強いモノしか寄ってこられない。

だから、リゼルカは黒龍を復活させるための最大の〝ご馳走《ちそう》〟となるのだ。

リゼルカは上体をなんとか起こし、パトリックを睨《にら》みつけている。

この女は出会った頃からずっとそうだった。警戒心が強く、どれだけ目をかけてやっても決して心を許そうとはしない。

本人に自覚はないのかもしれないが、リゼルカはいつも彼の持つ薄汚さを小馬鹿にするように、真っ当な人間であることをひけらかしてくる。どれだけ苦しむ仕事を与えても、怯《おび》えて泣くこともない。清廉で汚れない心を持ち、まっすぐにパトリックを見てくる。それがたまらなく憎たらしくて、いつも苛立《いらだ》たされた。

ただ、それらは同時にリゼルカの御しやすさでもあった。ある意味で融通が利かず、信条がはっきりしているリゼルカは利用しやすかった。リゼルカは面白いほど頭角を現し、パトリックはリゼルカを使って金を稼ぎ、自己顕示欲を満たしてもいた。

「リゼルカ、沢山稼がせてくれたあなたの才能には感謝しています」

そう言った時、リゼルカははっとした顔をした。自分が贄にされるだけでなく、必死に働いて稼いだ金が黒龍復活のための準備金に当てられていたと気づいたのだろう。

「……どうしました？　喜びに震えているんですか？」

パトリックは挑発するように言う。パトリックはリゼルカがいつもの冷静さを崩し、その顔を絶望に染めるところを早く見たくて仕方がなかった。

「いえ……あなたのような奴を恩人として仰ぎ、片腕として従っていた自分が恥ずかしくなったんです」

リゼルカは反抗的な怒りの宿る目でパトリックを見つめていた。その目の光はまだ消えていない。

「あなたになかったのは才能じゃないわ。人を貶《おとし》めて優位に立ったつもりになって、邪魔者は殺して排除して……そんな方法しか選べなかったからいつまでたっても自分を認められないんです」

リゼルカの態度と言葉にパトリックはカッとなって叫んだ。

「……っ、お前ら聖女どもはどこまで俺を愚弄すれば気が済むんだ！」

突然激昂したパトリックは叫びながら地団太を踏むように暴れ、リゼルカの棺《ひつぎ》にあった魔眼石があたりに飛び散った。

「何が聖女だ！　お前らなんて黒龍の餌で、俺に金を与えるための奴隷でしかないんだよ！」

パトリックはひとしきり暴れたあと、思い出したようにニヤついた顔に戻り、低い声で言った。

「お前の世話役だった聖女がどうなったか知りたいか？」

「シエナに……何をしたんです」

「お前は知らないだろうがな、今までもずっと、この教会の使えない聖女は裏でごろつきどもに売り渡して小遣いに換えてたんだよ。ぎゃはははっ」

パトリックが笑い続けているうちに、リゼルカは棺を抜け出し、主聖堂の入口目がけてヨロヨロと走り出した。パトリックはあえて走って追いかけることはしなかった。

両開きの扉はぴくりともしない。ガチャガチャと動かしてもがいているリゼルカに、パトリックは圧倒的優位を感じている。パトリックはようやく、リゼルカが泣き叫び、助けを乞う姿が見られると思い、ほくそ笑んだ。

パトリックは優しい司祭の顔を作って言う。

「リゼルカ、諦めなさい。私があなたを役立ててあげますよ。共に世界を救いましょう」

パトリックが魔眼石のついた杖《つえ》を振ると、リゼルカはその場に倒れこみ、ぴくりとも動かなくなった。

悔しそうな顔をしているリゼルカをうやうやしい仕草で抱き上げ、棺へと戻す。まるで、無力な虫が逃げたのを捕まえたかのようで、非常に気分がよかった。

パトリックの脳裏には幼い頃に村を出ていった聖女の顔がちらつく。

忌々しい聖女を利用して、貶めることができて、気分が高揚していた。もっといたぶって遊んでいたかったけれど、時間がない。王国は彼女がいなくなったことに気づき、捜し始めているだろう。

けれど、儀式さえ済ませてしまえば世界は平らにならされる。あとはもう何も心配することはないのだ。

パトリックはこぼれ落ちた小さな魔眼石を丁寧に棺に戻すと、その前で大きな石のついた杖を手に、祈りの形を作る。

「さぁ、儀式を始めましょう」

――我、黒色《こくしょく》の龍の御使《みつかい》としてここに贄《にえ》を捧《ささ》げる。偉大なる霊神の眠りを終わらせんとする力を此処に――

リゼルカの周囲にあった魔眼石から一斉に赤い光が伸びて、彼女の体にまとわりついていく。以前も同じことをした。あの時は魔力を魔眼石に吸わせた。今度は、破裂するくらい大量の魔力を流し込むのだ。

パトリックは喜びにぞくぞくと打ち震えていたが、ふと気づく。

リゼルカへの魔力の注入がうまくいっていない。リゼルカの体は魔眼石の発する赤い光に包まれていたが、背中のあたりに向かった光は侵入できずにいるようだった。

頭に忌々しい王聖魔法士が浮かんで歯ぎしりをした。おそらく、こうなることを見越して邪魔する手を打っていたのだろう。

ただ、パトリックの集めた魔力量は膨大なものだった。赤い光は少しずつではあるが、リゼルカの体に近づいていっている。

侵入を拒んでいる部分に強い魔力をぶつければ、一気に破れるだろう。

パトリックは立てかけてあった杖のひとつを手に取ると、リゼルカの元に戻ってきた。

そうして、振り上げたその時だった。

――――パァン。

杖は魔力を放出する前に、突然破裂して砕けた。

「間に合った……よかった。あんたが僕を他所《よそ》にやるための餌を撒《ま》いてたんだな……」

入口近くの通路に、いつの間にか王聖魔法士のシャノン・フェイ・ユーストスがいた。

パトリックは舌打ちをした。

そして、すぐに懐から短刀を出し、横たわっているリゼルカの喉元に当てる。

王聖魔法士といえども、こちらには人質がいて、複数の杖もある。一人くらいならば始末して儀式を続けることができるかもしれない。

「お前は本当に素早くて忌々しい……少しでも動けば彼女は死にますよ」

「僕が殺させるわけないだろ」

シャノンの金色の瞳は、はっきりとした強い怒りを帯びていた。

天井からカタカタと音がして、何かがパラパラと落ちてきていた。

ミシミシと建物が軋《きし》むような音と、低い地鳴りのような音もしていた。そうして、揺れが激しくなり、天井のステンドグラスの一部が割れた。

パトリックが再び背後に立てかけてある杖に手を伸ばす。シャノンが片手を伸ばして目を細めた途端、並んだ杖は順番にすべて破裂して弾き飛んでいき、パトリックの背後にあった壁も一部破壊された。

「これ以上馬鹿な動きができないようにしてやる……」

シャノンが両手を広げると、そこから複数の尖《とが》った氷の柱が出現し、まっすぐにパトリックに向かってくる。一瞬ののちに撥《は》ね飛ばされ、パトリックの左肩を細い氷の柱が串刺しにした。

パトリックは愕然《がくぜん》としていた。

力の差は歴然としていて、勝負にさえならなかった。自分が長い時間をかけ、金の力で積み重ねてきたものと、あまりに次元が違い過ぎる。

「……結局、才能ある者には何をしても敵《かな》わないということなんですかねぇ……」

〝持たざる者〟であるパトリックが何年もかけて準備をしたそのすべては〝持つ者〟に一瞬で奪われる。彼はそういう不平等を体現した奴が死ぬほど嫌いだったし、そんな奴の存在する間違った世界を正したかった。

「お前が噛《か》んでいる邪教について教えろ」

まっすぐこちらに向かってくるシャノンの目は金色に染まり切っている。

「魔力の調整すらできないような若輩者が……そんなに熱くなると、ここが壊れますよ」

シャノンは舌打ちをする。また、天井からパラパラと何かが降ってきた。

思った通り、この男は余りある才能を使いこなせていないばかりか、頭に血が上りやすい。パトリックは笑った。

「答えろよ」

「私が答えるとお思いですか？　無駄な問答などせずに、殺してしまえばいいんですよ」

シャノンの背後の天井の一部が崩落した。ステンドグラスが落下して、その破裂音が響き渡る。パトリックはこんな幼稚な奴に力を与えた世界の不公平さを思って笑えてきた。

「さぁ、さっさと殺したらどうですか？」

シャノンは拳をぎゅっと握りしめ、ギリッと歯を噛みしめた。それから、横たわっているリゼルカのほうを見て呼吸を落ち着かせている。

「あんたは殺さずに……法で裁かせる。そこでたっぷりと吐いてもらう」

「そんな馬鹿らしい協力はしませんよ」

パトリックは自分の画策がすべて終わったことを悟っていた。

パトリックが何年もかけて準備したそれも、こんな奴に一瞬で奪われる。

けれど、思いのほかどうでもよかった。

パトリックは気づいていた。エルドラの教えも、不平等な世界を正す使命も、パトリックの本当に求めるものではなかった。

すべては十六歳のあの日、自分を置いて村を出ていくことで、自分を侮辱した聖女への復讐《ふくしゅう》でしかなかったのだと。

パトリックは氷に縫い付けられた肩を強引に動かした。強烈な痛みが走り、骨の折れる音と共に血が飛び散る。シャノンが身構えたが、一瞬早く、足元の短刀を拾い上げた。

どの道国家を転覆させようとした罪で極刑は免れないだろう。だったらここで自分で幕を引く。

――――こんなくだらない奴らに裁きなど与えてやるものか。

パトリックは短刀で自らの腹を裂いた。

＊＊＊

パトリックはうすら笑いを浮かべたまま、壁に沿ってずるずると倒れた。

「……くそ」

「シャノン……」

リゼルカが背後から声をかけるとシャノンはぱっと振り返った。

「リゼルカ、大丈夫？」

「はい、少し体が重いですが……怪我《けが》はありません……」

リゼルカはシャノンの横を通り過ぎ、司祭の近くに落ちていた杖を手に取る。

先端についていた魔眼石が砕けて粉々になり、杖自体も半分以上が粉微塵《みじん》となっていた。

「魔力が戻りました。司祭は魔力を持ちません。おそらくあなたが先ほど弾き壊した、この杖で魔力を抜いたんでしょう……この杖が壊れたから戻ったのだと思います」

そうして、リゼルカはそのままパトリックの前まで行って、跪《ひざまず》く。

「リゼルカ、何を……」

「司祭はまだ生きています」

リゼルカは、パトリックの血まみれの腹部に手のひらをあてがった。

　リゼルカが聖女の力を使おうとしていることに気づいたシャノンはぎょっとした顔で言う。

「リゼルカ、やめるんだ……そんな必要はない」

「このままにはしておけません」

「そんな奴のために君が痛みを負う必要はないだろう！」

「あなたは……！」

　リゼルカは振り返って声を荒らげた。

「この男が好き放題して、死んで逃げるのをよしとするのですか？」

　シャノンは息を呑《の》んだ。

「この男は私を使って黒龍を復活させ、国そのものを滅ぼそうとしただけでなく、この教会の前司祭を殺害しています。さらに、聖女たちを男に売り渡し……彼が魔眼石を買い集めたことで生まれた盗難被害も……すべて、生きてきっちり償わせなければなりません」

「それは……」

「それに、彼の所持する杖に魔力を込めて売った魔法士もいるはずです。それも誰なのか吐かせなくては、また別の被害が生まれかねません」

　シャノンは何か言おうとしていたが、リゼルカの強い瞳を見て諦めたように息を吐いた。

「……わかったよ」

リゼルカは再び司祭の腹部に手をあてがったが、その手は震えていた。

本当はリゼルカだって、こんな男を治癒したくはなかった。

パトリックを治癒させるのは後悔させるためだ。救おうだなんて微塵も思っていない。すべての目論見《もくろみ》が崩れ、意気揚々と死んで逃げようとしたこの男は、きっちり裁かれなければならない。

リゼルカは今、初めて純粋に人を救う目的ではなく、自分の力を使おうとしている。

聖女の力は人を助けることしかできないとばかり思い込んでいたが、どんな力も、使い方によって凶器になり得るのだ。潔癖なリゼルカにとって、力をそんなことに使うのは冒《ぼう》瀆《とく》的でさえあった。

魔力が戻って初めて治癒させる相手がこんな形になるなんて思ってもみなかった。

リゼルカは浅い呼吸を繰り返し、嫌悪からうまく集中できずにいた。

魔力は確実に戻っている。急がなければ手遅れになる。

それでも、なぜだか魔力がうまく放出できなかった。こんなことは初めてで、焦りばかりが湧いてくる。ずっと、司祭にかざした手が小さく震えている。

やらなければならない。

けど、やっぱり無理だ。

絶望的な気持ちになって、涙が込み上げてきた。

ふいに、背中にふわりとした感触がかぶさり、リゼルカの背後に座ったシャノンがぎゅっと抱きしめてきた。びっくりして振り返る。

「大丈夫だよ。僕がいる」

シャノンの短い言葉に、目を閉じてゆっくり頷《うなず》く。

手の震えはとまっていた。

リゼルカはシャノンの足の間に抱き込まれる形で、目の前のパトリックの傷に向き合った。

頭の中にあった荒れた水面は、静かにすっと凪《な》いでいた。

目の前の傷しか目に入らなくなる。

魔力を、指先に集中させていく。

シャノンはリゼルカの腹にまわした手にぎゅっと力を入れてくる。今、シャノンの目がどんな色をしているか、振り返らなくてもわかる。彼は今、意識的に魔力を放出している。

それが体を包み込む感覚で、いつもよりも数段力の流れが速く、強くて滑らかだった。

そして、不思議なことに、シャノンに抱きしめられていると、治癒に伴う痛みを感じることはなかった。

『王聖魔法士は聖女と交わるとその力を増幅させる血筋でもあるんです』

トーベ博士の言葉が甦《よみがえ》る。それから、一番最初にシャノンの手を握った時の感覚。

契りを交わしてそれを確かめることは結局なかったが、今のこの状態は明らかにシャノンの魔力の干渉を受けている。彼の体と触れ合っている背中はとても温かく、頭がぼんやりしてしまうような心地良さと安心感で満ちていた。

傷の転移が起こり、一瞬だけリゼルカの腹部が赤く光った。

パトリックが咳《せき》をして、息を吹き返したのがわかる。

彼が薄目を開けて身を起こそうとした瞬間、リゼルカは頭が真っ白になって、その横っ面を思い切りひっぱたいた。

「……リゼルカ？」

「あ……すみません、つい……怖くて……」

頬を張られた衝撃で覚醒を促された司祭が目を白黒させながらまた身を起こそうとする。

シャノンがその顔面に拳を叩《たた》き込んで、司祭は再び倒れて気絶した。

「いたた……僕は普段人を殴ったりしないから……これ手ぇ痛いね」

手首をぶんぶんと振っているシャノンを唖然《あぜん》と見つめる。

「おい、シャノン、来たぞ」

シャノンが立ち上がった時、騎士団員をドヤドヤと引き連れたガイが入ってきた。

「遅いよ。もう終わった」

「捕まえたのか？」

「……ああ」

「ちゃんと生きてるんだろうな……」

「死にかけてたけど、リゼルカのおかげで生きてるよ。今は寝てるけど」

ガイはちらりとそちらを見て呆《あき》れた顔をした。

「教会の護衛騎士が二人ほど、命令されて彼女をここに連れてきたと吐いたが、邪教には関与していないようだった。今回に関しては、司祭の単独犯かもしれないな」

「でも、どこかにエルドラの教典はあるはずだ。それの回収と……あとこいつ杖《つえ》持ってたから、野良の魔術師で違法な仕事をした奴も吐かせて締め上げるよ」

「そうだな」と言ったガイは、周りに司祭の身柄の拘束と搬送を指示する。周りが一気に慌ただしくなった。

主聖堂の端に避けていたリゼルカのところにシャノンが来る。

「疲れた……一緒に帰ろう」

シャノンがそう言って、リゼルカも一瞬だけ、頷こうとした。

けれど、その時気づいてしまった。

もう、一緒にいる必要はない。この関係は唐突に終わりを迎えていた。そのことに同時に気がついた二人は、黙って見つめ合った。

引き延ばしたいような気持ちが生まれていた。けれど、どんなに考えてみても、リゼルカにはもう、シャノンを縛り付けておく理由がない。

俯《うつむ》いて言葉を探していたリゼルカだったが、顔を上げる。シャノンから借りていた魔眼石のネックレスを首から外した。

「お借りしていたこれ、お返しします」

シャノンはそれを受け取ると、手のひらにぎゅっと握り込んだ。彼が目を閉じて、開けた時、瞳は金色になっていた。

「はい」と言って、またそれを渡してくる。

「今度は魔力を抜くのを邪魔するおまじないをしておいたから、万が一また同じことがあったときのために持っていてくれない？」

リゼルカはしばらく考え込んでいたが、小さく頷き、受け取った。そうして、シャノンに手を差し出す。

「挨拶の、握手です」

リゼルカは小さな声で言った。

本当は、抱きしめてほしかった。

けれど、練習の名目がなければ、そんなことができるような関係ではない。

シャノンはしばらく黙って俯いていたが、おもむろにリゼルカが伸ばした手を取って、体を引き寄せる。そして、そのまま強く抱きしめた。

ざわついていた周囲が、しんと静まり返る。

シャノンの腕の中にいるリゼルカからは見えないが、たぶん、見られている。

けれど、これが最後かもしれない。そう思ったら、恥じらいよりも離れがたさが勝ち、強く抱きしめ返した。

「おい、見てないで動け」

ガイの声が聞こえて、周囲が少しずつまたざわめきを取り戻していく。

「あのさ……知っておいてほしいんだけど」

頭の上、すぐ近くからシャノンの小さな声が聞こえてくる。

「君が自分らしく、幸せに生きてくれることは、何より僕の救いになる」

「……はい」

リゼルカは頷いて、そっと体を離した。

「ありがとうございました。あなたと過ごせて、本当に楽しかったです」

そう言ってリゼルカは笑った。

リゼルカは歩き出し、一度も振り返ることなく主聖堂から出ていった。

エピローグ

シャノンは邪教についての調査をするため、そして黒龍の封印をより強固にするため奔走していた。

そうして数日、移動して走りまわることで余計なことを考えないようにしていた。

しかし、今は周りにせっつかれ、以前からあてがわれてはいたがほとんど使っていない王城の執務室で溜《た》まっていた書類仕事を片付けている。

リゼルカを教会から連れ出す申請書、保護申請書、保護に使った物や、かかった経費の報告。壊した器物、建物についての報告書。騎士団から護衛の人員を引っ張る申請書、そんなものが何十枚もあった。どれももう済んだことで、今更書類を出すのも馬鹿らしいというのに、記録だからと提出を厳命されている。

国には普段何をしているのかわからない偉そうな大臣がぞろぞろいる。シャノンには、その爺《じい》さんたちが書類にサインをする仕事を作るためだけにやらされているようにしか思えない。

シャノンは半ばうつろな目で羽根ペンを動かし書類を埋めていた。

近くではガイが何を手伝うでもなく長い脚を近くの机の上に投げ出し座っている。

「なぁ……シャノン」

「なんだよ……」

「彼女のとこ、行けよ」

「……うるさいな」

「なぁ、行けって」

この男はでかい図体《ずうたい》と強面《こわもて》の顔に似合わず、恋愛小説を愛読書にしていて、他人の色恋沙汰が大好きだった。仲良くなったばかりの頃に打ち明けてしまったことをのちに何度も後悔した。

「どうせお前の隠れ家……彼女の使ってた部屋、まだそのままにしてあるんだろ？」

「……忙しくて片付ける暇がないだけだよ」

「なぁ……お前は彼女のことがずっと好きで好きで……童貞守ってたんだろ。行けよ」

「……黙れ。僕にその単語を使うな。だいたい、僕は見栄っ張《みえっぱ》りで用心深いからね。交尾中なんて無防備にもほどがあるし、あとから見学されてたなんて話も聞く。見栄を優先させた結果の未経験だよ」

「……お前みたいにそこそこ器用になんでもこなせる奴が、見栄なんかだけでそんなつまらないものを守るわけないだろ」

「色々癇《かん》に障るなぁ……だいたい、さっきから行けとかなんとか言ってくるけど、僕は……お前だって結婚相手は決まってるだろ」

「ああ。俺はそれが国のためなら相手が誰だろうが従うよ。必要なら妾《めかけ》も作る。ただ……その辺を全部無視して自分の決めた相手との婚姻を強行した前例が、王聖魔法士のほうには異様に多いよなぁ？　お前の父君……アドルファス様からしてそうだもんな……なんなんだ？　建国魔法士の飲んだ黒龍の鱗《うろこ》が関係してるんじゃないのか？」

シャノンはげんなりした顔で聞きながら書類を埋めている。

「なぁ、シャノン。俺はな、お前みたいなろくでもない奴が小さい頃からずっと宝物みたいに大事にしてるモンがあるなんて……それは人でも物でも、すごく貴重なものだと思うんだよ……」

「誰がろくでもないって？」

「実際お前は彼女がいなかったら、ゴミクズ同様の犯罪者になってたか自死してただろ。お前は初恋の彼女の影響を多分に受けて、多感な時期にすべての道を踏み外さずに、今かろうじてマトモに生きてる。そうは思わないか？」

「だーから大袈裟《おおげさ》なんだって。マトモなのは僕の素養だよ」

「お前の素養って……王聖魔法士の英才教育が嫌で国境まで逃げたり、ナイフで自分の腕切ったり、禁止されてる魔法を使って学習部屋を大破させたりする……」

「それは小さい頃のことだろ」

「小さい頃からそれだから問題あるんだろ……その頃のまま成長してたら絶対に診療所なんて作ってないだろお前……とにかく行けって」

「しつこいな。僕の仕事はもう終わったし……あとは彼女の自由だろ」

シャノンは喋《しゃべ》りながらもずっと走らせていたペンを止め、大きな溜息《ためいき》を吐いた。

「僕はさ……もともと好かれてなかったし……ずっと、どこかで幸せにしててくれればそれだけでいいと思ってるんだよ」

「本来出席義務のない式典に、彼女が来るから毎年出てた奴の言うことじゃないな……」

「…………」

「……お前、ヴァイオンの式典もかかさずに見にいってただろ」

「見るくらい、いいだろ……」

「手続きすっ飛ばして攫《さら》いにいったくせにか？」

「国家の非常事態だ。いたしかたない」

「勝手に忍び込んで自分の魔法陣置いてたのは……」

「彼女が目立ってたから、危険だと思ってたんだよ。実際役に立っただろ？」

しばらく、どちらも喋らなかったので、シャノンが再び羽根ペンをしゅるしゅると動かす音だけが部屋に響く。

「今回のことはお前にとっていい口実になるのかと思っていたが……契りは交わさずじまいか」

「ああ、危なかった……よかったよ」

「何がよかったんだ？」

「そんなことしたら……絶対に手放せなくなるだろ」

「お前は自分の執念深さをそこまで自覚しているのに……なんで最後だけ遠慮してるんだよ……」

「彼女のような人は、僕と一緒になってもなんの得もない。むしろ、損や負担しかない」

「まぁ、そうだろうな」

「僕は、彼女を手に入れたいんじゃない……幸せでいてほしいんだよ」

ガイは呆れたように深い息を吐いた。

「ぐちゃぐちゃ言ってるけど、結局お前は、彼女を神聖視し過ぎてて、お前の地獄に引きずり込む度胸がないだけだろ」

「……なんとでも言いなよ」

「だがな……地獄なんて、誰にでもあるんだよ……」

ガイがぽつりと言った言葉が、部屋に響いた。

「ま、お前が後悔しないなら、別にいいけどな……結婚するらしいぞ、彼女」

「……は？」

ペン先がボキッと折れて、シャノンはガタリと音を立て椅子から立ち上がった。その衝撃でインク瓶も倒れていたが、気づいてもいない。

ガイはニヤリと笑って言う。

「なんでも、新しい司祭が彼女を気に入って、自分の甥《おい》っ子と結婚させようとしてるんだと……まぁ、まともで善良な男と結婚できるならそのほうが幸せかもな」

ガイは色々言っていたが、言葉の後半は呆然《ぼうぜん》としていたシャノンの耳には届いていない。

「……僕、ちょっと出かけてくる」

「おう」

「ガイ、あと、残りよろしく」

「あぁ……え？　お前……残りって……これはお前の……！」

「お前が行ってこいって言ったんだろ。じゃあね」

一番近い移動魔法陣《グエスミスタ》に向かうため、シャノンは二階の窓から飛び降りた。

＊＊＊

司祭がいなくなった聖ヴァイオン教会には大聖堂から派遣された代わりの司祭が上につ

き、リゼルカは教会の再建を手伝いながら、取り戻した魔力で今度は苦しんでいる人を身分の上下なしに助けていくことを決めた。

リゼルカは連日ほかの聖女たちと共に、新しい司祭とこれからの教会の在り方や患者の受け入れ方について話し合いをしている。

それから、リゼルカがいなかったことでしばらく、きちんと機能していなかった教会の医療機関を再開させ、状態が悪い患者たちを優先して治癒させてもいた。

診療所の仕事も続けたかったが、通うには結構な距離がある。現実的ではない。

最後に馬車で訪ねた時に、ダニエルとエリシャの親子とも会った。

ダニエルはあのあと短い期間、フィンレイ地区の警察に勾留されていたが、事情を鑑みて今回は釈放となった。その間エリシャは診療所の人間が見ていたらしい。リゼルカはエリシャとの約束通りに彼を治癒させたので、もう盗みを働くことはないだろう。

診療所には必ずまた顔を出すと約束をしたが、当分果たせそうにない。

パトリック司祭のことについては警察と騎士団の取り調べにも協力していた。

シャノンも以前言っていたが、パトリックはきっと人にない商才を持っていた。それなのに、そこは見ようとはせずに他人を妬んで狡《ずる》い道ばかり選んでいた。パトリックが自分の持つ才能に気づいてさえいれば何か違ったのだろうか。与えられる才と欲する才が一致しなければ気づけないかもしれない。それに、人間誰しも自分のことはよく見えない。

それからパトリックに協力していた魔術師が、過去に魔法士団にいた優秀な男だった可能性がでてきて現在はそちらが問題となっていると聞いた。

騎士団本部で一度ガイと顔を合わせたことがあったが、シャノンのことを尋ねても、忙しそうでよくわからないと返されてしまった。そう言う彼が何者なのかを、リゼルカはいまだに知らない。

数日、雑事に追われていたリゼルカはふっと空いた時間が生まれ、聖ヴァイオン教会の主聖堂に来ていた。

主聖堂はいまだに一部の天井と壁に穴が空いていて、床もところどころ割れている。まだ修繕の目処《めど》は立っていない。とはいえ壊したのはほとんどシャノンなわけだから、王国が直してくれるだろう。

赤い絨毯《じゅうたん》は焼け焦げてしまっていて、途中千切れていた。ふと思い出して、穴の空いた絨毯をめくりあげていくと、思った通りのものが出てきた。

それはシャノンの移動魔法陣だった。リゼルカが最初に出ていってからずっと消されていなかったことに驚いた。

グエスミスタはシャノンしか使っていない魔法陣だ。パトリックは魔法士や聖女についての知識を齧《かじ》っていたようだったが、正規の魔法教育は受けていない。おそらく、あの下に旧式の移動魔法陣があるなどとは思いもしなかったのだろう。

けれど、その移動魔法陣は床の一部が割れて破片が飛び散ることで欠けていた。

リゼルカは少し離れた場所に落ちていた欠片《かけら》を指でつまみあげて、かちりと嵌《は》める。そうして、誰もいないそこに陽が当たっているのをぼんやりと見つめていた。

魔力は戻り、シャノンとの関わりも糸が切れたかのように突然終わってしまったが、彼のことが好きだという気持ちだけがぽつんと残ってしまっていた。

シャノンとは身分違いだし、好きになっても結婚できるわけではない。

それでも、用心深くて人見知りのリゼルカにとってはもしかしたら一生に一度の恋だったのだから、気持ちだけでも伝えておけばよかったかもしれない。

「……シャノン」

床を見つめたまま、つぶやくように名前を呼んだ。

――――ひゅう。小さな風が吹いた。

髪が目にかかり、ぎゅっと瞑《つぶ》った目を開けたそこに、リゼルカは会いたかった人を発見する。

「リゼルカ……久しぶり。ここにいたの？」

けれど、久しぶりに会えたその人は随分焦った顔をしていた。

「シャノン……こんなところから入るのは感心しませんね」

「ごめん。あれ？　でも、これ壊れてなかった？」

「床が割れていたのを今、嵌めましたが」

「そっか。じゃあそれはもう君が僕を呼んだも同然じゃない？」

「そんなわけないでしょう。入るときはちゃんと……」

「そんなことより、リゼルカ、結婚するの？」

思わぬことを言われて、リゼルカはきょとんとする。

「……っ、しませんけど？」

「ああ、確かに話はありましたけど……お断りしました」

「あいつ……あの野郎……」

「あ、じゃあ完全な嘘《うそ》ではなかったのか」

「私は、キスも、契りも、結婚も……そういったことは、できれば好きになった人としたいんです。それが叶《かな》わないものならば、一人で生きます」

「そうだよね……君はそういう人間だ」

シャノンは、はぁ、と溜息を吐いてその場にへたりと座り込んだ。

「違います。あなたが……」

「え？」

「あなたが私に、本当にそう思ってもいいのだと、自信をくれたんです」

──僕にとっては、君が聖女であってもなくても、唯一の人だ。

シャノンは、リゼルカが聖女でなくとも、ただ、真面目に正しくあろうと生きている姿勢に価値を見出《みいだ》してくれた。リゼルカ自身を見つけて、認めてくれた。だから役に立つだとか、立たないだとか、そんなことに振りまわされずに、自分を認めて、できることをやれるようになったのだ。

シャノンのすぐ横ににじり寄ると、彼はびっくりしたように揺れる。

その表情も、仕草も、すべてがすでに懐かしくて、愛おしくて、今、自分のすぐ目の前にあることに喜びを感じていた。

「何か、ご用だったんですか？」

「ああ、うん……私の様子を見に……」

「あなたが……私の様子を気にかけてくださったんですか？」

リゼルカの頬が、自分でも知らず綻ぶ。

「本当はさ、保護は終わったのに、あんまり……そういうのも、よくないかと思ってたんだけど……」

シャノンはボソボソとこぼす。

「よくないんですか？」

「うん……まぁ。でも、そんな顔されると……だいぶゆらぐなぁ……」

シャノンはリゼルカに遠慮していたようだ。その感覚はとてもよくわかる。リゼルカも保護の名目がないと、彼とどんな関係だったのか、よくわからなくなってしまっていたからだ。シャノンは間違っても恋人じゃないが、ただの友人よりは深い内面をわかり合い、それでいて表面上は友人同士の関係よりもずっと距離がある。

「あなたは、どうしてましたか？」

シャノンは膝を抱えて自分の腕に顔を埋めていたが、目だけを出して「色々……」と答える。

リゼルカは息を吐いて「私も、色々です」と言った。煩雑でも小さなことばかりで、こうしてせっかく久しぶりに会ったときにわざわざしたいような話は意外となかった。

それよりも、思いがけず与えられたこんな機会に、話すべきことはあった。

そのことに思い当たったリゼルカはぽつりと言う。

「シャノン、聞いてほしい話があるんです」

「え？　僕に？」

リゼルカは穴の空いた天井から青空を見た。そうすると、驚くほどすんなりと言葉が出てくる。

「はい。私の好きな人の話をしたいんです」

シャノンが身構えた気配がした。なんとなく逃げるような勢いを感じて、リゼルカはシャノンの腕をそっと摑《つか》んだ。

「え？　それ、僕が聞いて平気なやつ？」

「平気って、どういう意味ですか？」

「僕が倒れて死ぬか、相手が死ぬか……」

シャノンはとても嫌そうな顔で耳を塞ごうとしている。

「何を物騒なことを言っているんですか。私の初恋はルーク・ピアフです」

ぴしゃりと言うと、シャノンは動きを止めた。

「……え？」

「ずっと、恋とは違うと思っていたんですが……私が、初めて自分をさらけ出せて、心を交わせた大事な相手で……だからそれは初恋にしてもいいものだと、私が決めました」

「そう……なんだ」

「それから……」

緊張から、摑んでいた腕に力が入ってしまったが、特に反応はなかった。

「それから、次に好きになったのも……やっぱりあなたでした」

シャノンの顔を見ることができずに俯《うつむ》いて言う。

「私は、誰よりもあなたが好きです」

長い沈黙があって、リゼルカは顔を上げた。

シャノンは顔を上げてリゼルカをじっと見ていた。

ふいに、肩を抱き寄せられ、やわらかく唇が重なった。

「……シャノン？」

シャノンは唇が離れてからも、呆《ほう》けたような顔をしていたが、やがてびっくりした顔をした。

「あれ？　ごめん、君が変なこと言うから……何か箍《たが》が外れて……」

「変なことって……」

シャノンは息を吐いて笑った。

それから、ひび割れた魔法陣を見てぽつりと言う。

「僕も……ずっと、君だけが好きだよ」

シャノンはリゼルカを見て、観念したような顔でまた笑う。

「たぶん、死ぬまで好きなんじゃないかな」

また、ゆっくりと顔を寄せられて、リゼルカは目を閉じる。

天井からは眩《まぶ》しい光がこぼれていた。

あとがき

こんにちは。初めまして。村田天《むらたてん》です。

初めましてではない方、またお会いできてとても嬉《うれ》しいです。今作をお手に取っていただきありがとうございます。

西洋風ファンタジーを書くのは二作目になりますが、今回個人的に目指したのはメジャー感の獲得でした。

私は派手な設定やシーン、格好いい台詞《せりふ》などに恥ずかしさを感じてしまい、いつもつい避けてしまうところがあったんですが、そのせいでちんまりと地味になりがちだったんですね……。作風作風と言い訳しながらここまで来ましたが、作風を変えるのではなく、要素を加えないと進化しないなと思うところもありまして。

今回は『なくせ恥じらい！　得よメジャー感！』をスローガンに唱え、精いっぱい格好よく、時に中二に、できる限りの派手さで疾走しました。

元がかなりマイナー寄りの地味な作風なので、それでも華やかさは足りてないと感じる方もいるとは思いますが、個人的にはちょうどいい塩梅《あんばい》になった気がします。

それでもなおキャラクターがほぼ全員情けないのは仕様です。これだけはおそらくヘキに根付いていて、どうにもなりません。自己や他者との関係の中、小さなことにのたうちまわりながらも前に進んでいく、そんな人物たちを描きたいと常々思っています。

今回も主役だけでなく、脇役、悪役、モブ、どのキャラも愛を込めて楽しく書きました。一緒に楽しんでいただけたらとても嬉しいです。


年々夏と冬ばかりが長くなってきている気がするのですが、短いであろう秋の只中《ただなか》にこのあとがきを書いてます。

私が子どもの頃は夏が今ほど暑くなかったので夏が一番好きでしたが、最近は秋が一番好きです。近年は年々好きだったはずの夏に憎しみを覚えることが増えてきました。

この秋もおいしいものを食べて、よく眠って、たまにのんびり散歩をしたりして、楽しく過ごそうと思います。なんだかんだ籠りがちになることが多いので運動不足の解消が目下最大の課題です。

お読みくださったすべての方と、本作に関わってくださったすべての方に感謝を込めて。

二〇二三年　秋　村田　天

お便りはこちらまで

〒一〇二―八一七七
富士見L文庫編集部　気付
村田　天（様）宛
Ｓｈａｂｏｎ（様）宛

富士見L文庫

贄《にえ》の聖女《せいじょ》と救済《きゅうさい》の契《ちぎ》り
不良魔法士《ふりょうまほうし》と綴《つづ》る二度目《にどめ》の恋《こい》

村田《むらた》 天《てん》

2023年12月15日　初版発行

発行者　山下直久
発　行　株式会社 KADOKAWA
〒102-8177　東京都千代田区富士見2-13-3
電話　0570-002-301（ナビダイヤル）

印刷所　株式会社暁印刷
製本所　本間製本株式会社
装丁者　西村弘美

定価はカバーに表示してあります。

●お問い合わせ
https://www.kadokawa.co.jp/（「お問い合わせ」へお進みください）
※内容によっては、お答えできない場合があります。
※サポートは日本国内のみとさせていただきます。
※Japanese text only

ISBN 978-4-04-075216-7 C0193

死の森の魔女は愛を知らない

著／浅名ゆうな　イラスト／あき

悪名高き「死の森の魔女」。
彼女は誰も愛さない。

欲深で冷酷と噂の「死の森の魔女」。正体は祖母の後を継いだ年若き魔女のリコリスだ。ある日森で暮らす彼女のもとに、毒薬を求めて王兄がやってくる。断った彼女だけれど王兄はリコリスを気に入って……？

【シリーズ既刊】1～3巻

富士見L文庫